乡村书系列/新疆美术摄影出版社

山坡上的阳光

于文胜 王族 编

图书在版编目(CIP)数据

山坡上的阳光 / 于文胜，王族编. —— 乌鲁木齐：新疆美术摄影出版社，2011.4

(乡村书系列)

ISBN 978-7-5469-1469-5

Ⅰ.①山… Ⅱ.①于… ②王… Ⅲ.①散文集-中国-当代 Ⅳ.①I267

中国版本图书馆 CIP 数据核字(2011)第 068070 号

策　　划　王　族
责任编辑　王　族
插　　图　范宏亚
封面设计　唐梦颖

山坡上的阳光

编　　者　于文胜　王　族
出　　版　新疆美术摄影出版社
地　　址　乌鲁木齐市西北路 1085 号
邮　　编　830000
制　　作　乌鲁木齐标杆集书刊设计有限公司
发　　行　新华书店
印　　刷　北京德富泰印务有限公司
开　　本　700 毫米×1000 毫米 1/16
印　　张　11.5
字　　数　165 千字
版　　次　2011 年 5 月第 1 版
印　　次　2011 年 5 月第 1 次印刷
书　　号　ISBN 978-7-5469-1469-5
定　　价　23.00 元

目 录

南太行乡村列传

杨献平

现居成都,系《西南军事文学》编辑。

北河沿

北河沿在一道河谷的阳面,正面山坡上,长满大片的杨槐树,还有松树。大致是公社时期集体栽种。几十年过去,树木代替岩石,青草超越苔藓。二十余年前,南坡之山,狼群出没,野猪横行。通常,天还没完全黑下来,狼嚎声就擦着耳膜号叫了。某日,一个孩子回家晚了,迎面遇到一只狼,以为是狗,跑过去,低头一看,狼一伸舌头,半张脸就没了。

我小时,经常会听到狼夜入村庄,捕猎家禽的消息,闹得人心惶惶。有一年初秋,村里有人鸣锣请客,众人蜂拥而上,坐在红石头粗木桩上一顿吃喝。第二天才知道,那一锅香喷喷的肉,竟然是一只被土炮炸死的狼。唯一贯穿全村的一条公路修建于"文革"时期,北到平山县,西南到涉县乃至长治。至今,几座石拱桥的两侧石壁上还写有"大海航行靠舵手""中国共产党万岁""备战备荒为人民""深挖洞,广积粮""打倒美帝国主义野心狼"等口号标语。

上个世纪八十年代中后期，处在南太行摩天岭、北武当山和京娘湖之间的莲花谷石碾子区域，才陆续连通市电。夜晚最先明亮的是石碾子村。石碾子村人一下子陡然趾高气扬，见到还在煤油灯下抠抠搜搜的其他村子的人，骄傲得像刚从母鸡背上下来的公鸡，连牙缝里都洋溢着一股瞧不起。

石碾子村闺女找婆家，一听说是山里的，张口就说，那山圪崂儿里连电都没有，吃饭都吃到鼻子里去了，俺不！

两年后的北河沿，人马喧闹，汽车轰鸣。南岔和柳树湾通电工程正式拉开帷幕。可市电还没接通，北河沿就传出两个有意思的事儿。其一，北河沿一个闺女到工地帮忙，天长日久，爱上一个在电力局做职工的一个小伙子。有次，俩人在树林里亲嘴。可亲着亲着，电就通了，而那个小伙子却再没有出现。那闺女等了两年，出嫁的头一天傍晚，还一个人坐在桥头石墩上，扯着嗓子哭了个天昏地暗。

其二，乡里发现铁矿，开办选矿厂。北河沿村一群小伙子终于当上了梦寐以求的"工人"。每天早起晚归。有一段时间，铁粉销得正旺。一天要干十几个小时，小伙子们累得够呛，连媳妇都闹起了意见。某日清晨，几个人骑着车子一路狂飙，半道上突生奇计，撅了根大树枝，扔到低处的高压线上，噼哩啪嚓冒了一顿火花。

人是轻巧了，第二天早上，抱着媳妇还没睡醒，警察破门而入。——三年后，矿石挖完了，北河沿村的工人们，重新回到村庄，抡锤碎石，扛锄下地，日子一如往常，炊烟下面是灶台，灶台四周堆着粮食和蔬菜。

北河沿有几户残障人家。其中一家，一口气生了三个痴呆孩子，两男一女。小时候，人们不敢从他家门前路过，那个女性痴呆者总是坐在门前的石头上，披着一头沾满黑泥的头发，张着眼睛，恶狠狠地看人。几年后，她出嫁，婆家在很远的地方，那个男人长得白白净净，说话很文气。次年春天，她生了一个男孩。

另外两家，一家尚有一个健全的女儿，嫁了一个在乡政府当了好多年干部的汉们（男人）。到了婚娶年龄，姐夫出面，给一位残障男子张罗了一门亲事（这是许多光棍梦想的待遇）。新婚第二天上午，有人问他：咋样啊？他嘿嘿笑，抬起袖子，摸了一把口水

范宏亚作品

和鼻涕,瓮声瓮气说:妈的个×的,俺还没想到,干那事还挺使得慌(累)！半黑夜起来,要不是半黑夜那两包方便面,今儿个恐怕下不来炕了。众人哄笑。

几天后,人又问:(你)一晚上能整几回？他再嘿嘿笑。说,头天晚上干了12回,第二天晚上16回。第三天少了,第四天干脆啥也没干。人说,咋不干呢？他说,得劲儿(舒服)是得劲儿,可妈×的就是太使得慌。几年时间,夫妻俩一口气生了3个姑娘和1个儿子。而另一个残障人,却没有他那福分儿,三十好几了还光棍一条。可无奇不巧的是,两家住在同一个院子里。某日,他下地回来,慢吞吞进门,忽然一声大吼,抄了一把剪刀。紧接着,是一阵呜哩哇啦的叫喊。半顿饭工夫,另一个男人一手提着裤腰跑了出来。随后是他妻子,一边拢着蓬乱的头发,一边去茅房。

消停一段时间。他发现,俩人又开始热火朝天。这一次,他没发火,有人问及,他说,那事能看住啊？人说,那咋办？他说,整呗！反正戳不破,磨不烂。人说,自己的老婆让别人睡,多吃亏？他说,谁说俺吃亏？那杂种每来一次,得给俺交五块钱。

最典型的,要数张三。姊妹弟兄5个,大哥、大姐结婚早,只剩下他和二哥,每天夜里,躺在老屋土炕上,弟兄俩,俩光棍,夜夜烙肉饼。有一年冬天,下了一场大雪,白茫茫一阵子后。老三半夜醒来,忽然不见了二哥。第二晚还是。他忍不住狐疑。半个月后,有人议论说,二哥和某某大伯家的堂嫂子好上了。

老三一想,那堂哥在煤矿,一年回不了几次家。再说,堂嫂……想了整整一夜,老三判断,流言百分之百确凿不错。半年后,老三又听说:他二哥又和那个堂嫂的亲妹妹好上了。老三再想:姐姐和一个男人那个了,妹妹再给这个男人……这事儿绝对不大可能,即使有,也百年一遇。再三个月,二哥结婚了,嫂子果真就是那个堂嫂的亲妹妹。

此后,以前俩人烙饼的土炕突然空旷起来。老三睡不着,看着老鼠叫蹦跳的屋顶,想了好多。某些深夜,老三开始满村转悠,45码的大脚轻若羽毛。这个窗下停会,那个门上敲敲。村里单身媳妇聚在一起,窃窃地说:俺晚上听到啥啥声音,吓得一夜没睡好。有性格暴烈的说,下次哪个王八羔子再敢糊弄老娘,老娘非拿菜刀剁了他！还有的谋算说,要不咱往门吊子上拉根电线,只要有声音,就插上电。

老三听了,暗暗吸了口凉气。——数日后,老三开始集中往原先那个堂嫂家跑。

一进门,一屁股坐在人家的炕沿边,或者椅子上,扯淡话,说家常,拧怪话,打哑谜。堂嫂说,老三,12点了。老三说,12点了?堂嫂说:该回去睡觉了。老三说,这会儿睡觉?还不迟哎。堂嫂说,你鸡巴站起来是一根儿,躺下来一条儿,闲鸡巴的没事干,当然不困,俺困。老三说,那就睡觉吧?堂嫂说,不睡干啥?老三说,能干啥?堂嫂嬉笑说,你鸡巴想干啥?老三说:俺鸡巴想干啥……嫂子你还不知道哎?

此后,老三就一直泡在堂嫂家。冬天,那个堂嫂的三妹妹出嫁,老三站在马路边,看着披红挂花的婚车转了一个弯儿,有人放了一挂鞭炮,进了别人家门。当天晚上,老三买了一瓶衡水老白干……昏睡了两天。醒来后,照常每晚去堂嫂家,到第二天早上才回来。

此后无事,第三年冬天,不知为了啥事,老三和堂嫂恶狠狠地吵了一架。大年初一早上,鞭炮响彻山间,堂嫂和自家男人正在吃饺子,忽见老房子燃起一堆大火。堂嫂一声长嚎,眼睛翻白,仰面瘫在炕上,男人连声怒吼,冲着村庄大骂,叫了亲戚,挑水铲土,好大一阵儿,才把大火扑灭。回到家里,一边洗脸,一边对媳妇说:总共损失了咱他娘的三根丈三长的大梁,还有千把来斤喂猪的麸糠!

南窑、北窑

南窑村边的铁匠铺曾经是方圆十里内唯一的一家。每天清晨,叮叮当当的打铁声,比学校起床号还准时。每次路过,都看到几个光着膀子,前面戴一块厚厚油布的男人,从火焰中夹出弯曲的铁,抡锤使劲捶打一阵子,再放在盛满清水的木桶里。发青的铁条顿时发出嗤嗤的响声,不断冒出白色烟雾。

后来我才知道,奶奶的娘家在南窑。我第一次去,是赶庙会,中午和晚上到亲戚家吃饭。奶奶娘家在这个村子。傍晚,奶奶出了戏场,在小铺买了2斤麻糖,带着我,沿着曲里拐弯的巷道走,两边的青石墙壁很黑,上面抹着些干了的鼻涕。到一个院子坐下来,有人热情招呼,端饭,吃饭,内容是麻糖、稀饭就咸菜。我正在吃着,抬头看到一个和我一般大小的女孩子,眼睛大得叫人晕眩,脸白得像张纸。

晚上，戏院里锣鼓又敲了起来，弥漫了整个刚通上市电的南窑村。奶奶神情专注，跟着锣鼓笙箫、咿呀唱腔，不断变换表情，喜怒哀乐。我一句也听不懂，坐了一会儿，觉得没意思，就一个人到戏院外面，花1毛钱买了一把好吃的糖块，站在街边剥了吃，吃了剥。

小学四年级，每年的"六一"，附近几个学校组织活动，都在闲置的大戏院举办。通常，老师在台上作报告，我们在下面听。老师一字一句宣读三好学生名单，请校长、副校长、教导主任等发奖。但几百名同学之中，极少数人上台领奖，更多的则在下面把小手拍得红肿。

1988年，有人在大戏院播放《霍元甲》《射雕英雄传》（翁美玲、黄日华主演）。一时轰动，我想去看，但距离太远，只能抽个星期天，和几个好事的同学，跑5里的山路，拿5毛钱买票，坐在板凳上仰着脖子看。看了一集还想看下集，但人家每天只放映4集。我急得没办法，只好再寻找机会看完。初一时，认识了几百个汉字，托人买了一套《射雕英雄传》，趴在课桌上看。老师看到了，当场没收，后来挂在门窗上，对我说，只有星期天才能取下来。

因为离家远，冬天住校，需要在亲戚家住宿。奶奶给早年嫁到南窑村的姥姑（爷爷胞妹）说了说，晚上住在她闲置的房子里。与我同住的还有本村的一个堂哥兼同学。天气特别冷时，被窝还没有焐热，天就亮了。有一次，不知道是玩得太累，还是自己有毛病。早上起来，只觉得身下一片冰凉，伸手一摸，知道是尿床了。但也不好意思拿出来晒，就挂在炕沿上。等再看，被褥上的尿迹就像是一张世界地图。

这一年冬天，南窑村发生了两件事。其一，一个眼盲的算命先生，与本村一个闺女相好。闺女家在街边开了一间小卖部。有一天晚上，两人在屋里说了半天淡话。夜越来越深，村庄大都进入了睡眠。二人也关门熄灯，正在呻吟欢叫的时候，忽然响起一串噼噼啪啪的鞭炮声。二人仔细一听，竟然在自己的小卖部门口。

其二，一个男人媳妇和一个看林子的光棍相好，常瞒着丈夫，行男女欢娱之事。有时候在山里，有时候在村边的茅草窝，有时候在林中，更多的，是在女方家里。此事传开，在外面给包工队做饭的丈夫羞愧难当，心情糟糕，一次切菜，竟剁掉了一根手指。

上初中二年级，冬天，我搬到北窑村大舅家住宿，晚上，和他几个孙子（不是亲传的）睡在一起。

大舅和蔼，不论见谁，都一脸笑容。还在我不懂事时，母亲带着我，在北窑村后的田地里，一大群人在干活。歇脚的时候，一个头包白羊肚毛巾的男人，抱着我，举着我，咧嘴一张大嘴冲我笑——许多年以来，我一直以为那人是我的姥爷。有一次说给母亲。母亲说，那时候，你姥爷姥姥早不在（去世）了，那个人是你大舅。

每晚自习回来，大舅还没睡，到我们屋里，看看暖不暖。有时候，站在窗外问。睡不着时，我和他的几个孙子说笑话，声音很大，大舅听到了，就从另一个房子里出来，叫我们赶紧睡觉，或者让我们声音小点。再后来，我们也说些带色的传闻和想法（那时对女性身体猜测和想象比较多），大舅似乎也听到了，站在门口使劲咳嗽。我们听了，赶紧闭嘴或压低声音。

初三，我又搬到二舅家住。大舅和二舅住在一个院子里，只是大舅住在上面的院子，中间隔了一座石头楼房。二舅房背后，是一条石头便道，便道外侧是一面5米高的陲子（俗语，陡而高的墙壁）。母亲说，我1岁那年，她带我到舅舅家来，我一个人在便道上玩耍，一不小心，摔到下面的猪圈里。要是再错一公分，脑袋就碰在一块倒立的三角石头上了。我的哭声还没出来，圈里一口老母猪，就哼哼叽叽地跑过来，张嘴就要啃。母亲大惊失色，沿着石阶跑下去，用棍子把老母猪赶开了。

二舅家有4个女儿1个儿子，年龄都比我大。大表姐的性情很好，在市里上班，找的对象也是同单位的。有一年，我先后两次找到她，借了几十块钱（至今没还）。在二舅家吃饭时，老和四表姐三表姐吵架，闹得她们不高兴。谁都不愿意和我紧挨着或者一起坐。

北窑村大抵有200多人，村子建在一面斜坡上，下面是大坝，坝外是大河滩。斗私批修时，几个地主老财戴着高帽子游街，后面有群众拿着棍子打，围观的群众一路吐口水。其中一个曹姓地主，严冬腊月天，全身包了白布，被吊在一根旗杆上，冻了一天一夜，落了个残废。还有一对年轻人，两家大人世代为仇，他们却"爱"上了，任凭家里打骂，两人就像两块泡软了的麦芽糖，死活在一起。

五月，麦子节节成熟，香味满山遍野。大人们劳累之余，忽然不见了各家的儿子和女儿,急忙四散寻找,找了两天,在后山谁也不注意的羊圈里,看到一对裸体男女。四肢高高举起,样貌极其恐怖(乡村传言,喝毒药,再被猫接触过的尸体,只要打雷,就会四肢乍起)。这是几百年来,石碾子村内外唯一一件殉情事件。

还有一件事情,也颇耐人寻味:北窑村的一个男人娶了媳妇,但媳妇不喜欢他,夜夜拒绝同床。某夜,男人气急,以捆绑的方式,完成了对女方的肉体剥夺。

北窑和柳树湾交汇的地方,是一道两相夹峙的山谷,村人就势建了一座大水库。夏天,水满如镜,波光粼粼。正午,我们三五成群,到那里玩水。脱光衣服,赤条条地从大坝上扑入水中,浮上水面,再撅着屁股扑腾一个来回,爬出水面。

有一年夏天,一个孩子在那水库淹死了。我们害怕,再也没去过。初中三年级,我开始暗恋南窑村的一个女同学,每天站在学校西边的山岭上,看着她蝴蝶一样飞去又飞来。

南窑村和对面的北窑村,就像是两个面面相看的人。现在,两个村庄情势基本相同,有钱人多,没钱人也多。除此之外,这两个村庄时常爆出些令人蹊跷的事情。比如,北窑村有人故去,不出 3 天时间,南窑村也肯定会有一个人死去,这种现象屡屡发生,至今毫不更改。

南窑、北窑村人和南太行所有的人都一样,有钱之后,第一件事就是盖房子,且喜欢相互攀比,你盖啥样儿的我也盖啥样儿的。久而久之,两个村子的房屋严重雷同。近些年,小卖部、诊所和饭馆逐渐多了起来。而最令人高兴的是,这里也有了幼儿园——但不知道到底是什么样子,每次回去,我都想去看看。

把手举过头顶

黄土路
现居南宁,系《红豆》副主编。

谁都不出声

霜冻似的月光铺满眼前的晒坪,在晒坪四角的草垛里,我、梁福现、陆路、陆世色和四支枪正窥探出来,那一年,我们的年龄分别是 6 岁、7 岁和 9 岁,我们的枪是清一色的用木头做的红缨枪,红缨枪对于那时的孩子来说,是真正的枪。我们的任务就是保卫晒坪上的生产队的桐果。

夜对于六七岁的孩子来说,充满了神秘和诱惑。草虫在鸣叫,月光洒落四处。偶尔有不明的夜鸟掠过天幕,发出一声无奈的叹息,然后再无踪迹。天上除了月亮,几抹淡云,就是深黑的蓝色了。这时候,走村串户的人们渐渐稀少,村路上再没有什么行人,只有田鼠在白色的月光下觅食。在空荡荡的田野里,连稻草都垛起来准备用来喂养牲畜了,哪里还有什么粮食?老鼠们发出了饥饿的鸣叫。

不会有人来偷桐果的!大人们似乎相信他们的直觉,因此把守护桐果的任务交给了小孩。那时收割时节已过,大人们都在忙着修筑一个名叫达村的水库。现在,人们已很少能看到那种热闹的万人大会战的场面了:山谷里的树被砍光了,山岭被挖出一排硕大的字,填上石头洒上石灰,远远看去显得那么醒目。指挥部选在山顶,每天天刚亮,从指挥部飘下来的革命歌曲响彻整个大山。人们在广播声中开始忙碌,他们把山谷填平,夯实,又向下深挖。我记得我第一次面对那深洞时的情景,那个无底的深洞,使我感觉自己幼小的生命被一只无形的巨手整个儿提了起来,显得那么孤独无助。无数的人在这个深坑里或边缘忙碌着,他们扛土、搬土、填土,谁也不会顾及到我们这些小孩。只有几个戴着袖章走来走去的人,不时地呵斥着企图靠近深坑的我们……现在,夜已深,劳累的人们在家中或工棚里渐渐进入睡眠,偶尔飘来几声轻微的鼾声和磨牙声,也显得那么遥远。只有我们四个小孩躲在乡村的草垛里,静静地守候着。从心里说,我们乐于接受这样光荣的任务,我们觉得自己已经是解放军战士了,我们要抓的是一切入侵的敌人。

也许草垛的温暖挡住了夜晚的寒冷的入侵,我们竟丧失了意志,渐渐地也睡着了。后半夜,露水渐重,一阵窸窸窣窣的声音把我们惊醒。透过草垛的隙缝,我看见晒坪上一个人影正在往布袋里装桐果。桐果经过几天的曝晒,几乎就要晒干了,轻微的触碰就会使它发出细碎的声音。我感到自己的心跳越来越快,它发出怦怦的声音,仿佛就要跳出我的胸口。我想,当时我们都吓坏了,直到那人装好了桐果,把袋口扎紧,准备往自己的肩上扛的时候,我们才回过神来。不知是谁先喊出了一声"抓贼",我们几乎同时冲出了草垛。

梁福现、陆路、陆世色抱住了那人的大腿和腰,而我则用力地扯住装满了桐果的袋子。那人挣扎着想摆脱我们,但他刚甩掉一个,另一个又粘了上去。眼看挣脱无望,他一屁股坐在了晒坪上。这时闻声而来的大人们早已把我们团团围住,在月光、电筒光和火光的照耀下,他紧紧地低着头,低到了自己的裆部,只露出一个长着杂草般头发的后脑勺。

直到第二天,我才在人群里看清了他的脸。他的脸那么瘦小,上面布满了皱纹。他的身材不高,就像一个十五六岁的半大少年,但他已经四十多岁了。他的脚有些瘸,不

范宏亚作品

知是天生的还是被谁踢打过。他的肩上扛着一袋沉沉的桐果,那是他昨晚的赃物。袋子上写着:我是贼。在几个民兵的押送下,一个跟我同龄的小女孩紧紧地扯着他的衣角,紧紧地跟在他的身后。

在此后很长的一段时间里,他扛着那个装满了桐果的硕大的袋子,在大会战的工地和附近的村村寨寨里,一路走一路高喊着,我是贼!我是贼!我偷了达村的桐果。他的叫喊声引来了人们的围观,大人们停下手中的活,边议论边嘲笑着,而小孩都跟在他和小女孩的身后,向他们掷着小石子。我记得我躲在人群里,心里却没有当了英雄的那种豪情。那个紧紧地扯着父亲衣角的小女孩,她眼睛里的无助、茫然、恐惧,深深地刺伤了我。也许,我的童年就在这次乡村事件中过早地结束了。我变成了一个早熟的儿童,谨慎,敏感,无所适从。待我真正明白了世事之后,我常想,要是在童年的那个晚上,我、梁福现、陆路和陆世色谁也不出声,那情况会是怎样呢?我想,至少我不会像现在那样不快乐。但我知道,命运里的东西,是没有什么假设的。

第二年我进入村小学开始了自己的学生生涯。我惊讶地发现那个小女孩就和我坐在同一个教室里。她是一个沉默的女孩,除了老师叫她朗读课本或回答问题,我从没见她说过话。她的眼睛似乎从未注视过周围的人和事物,只注视着自己的内心。从小学一年级到初中毕业,和我一起读书的伙伴们一个个地从教室里消失了,只有我和她还在坚持着。但我们却从没说过一句话。初中毕业后,很长的一段时间里我也失去了她的消息,几年后我才知道,她考上了地区卫校,成为了一名为别人医治创伤的医生。每年春节回老家的时候,我偶尔会在村路上遇见她,我们会点点头,只有一次她轻轻地跟我说了声:回来啦?我想我是没有气力问她父亲的情况的。直到有一年,我看见迎面走来的她手里牵着一个小女孩,她的脸上洋溢着一位母亲的幸福的笑,那是我第一次看见她笑。

不知是谁说的,文学就是一次感伤的旅程。多年以后的夜晚,我在江南淡村路的一间两居室里写完了一个小说《洗衣机》,这同样是一篇令人不快乐的小说,小说的结尾我写道,世上再也没有一个可以洗去人们的忧伤的洗衣机了。责编这个小说的编辑后来对我说,黄土路,你的小说写得挺怪诞的,却让人一点都笑不起来。我想我能说什么

山坡上的阳光

呢？在我的记忆里，月光总是像寒霜般布满土地、房屋和树木，远山总是一片迷蒙。我的记忆就像一张在天气不好时拍的曝光过度的黑白照片。多年以后，在城市里忙碌着，我的乡村已渐渐远去，但我依然感觉自己还是那个躲在草垛里不安地向外张望的少年，只是，我尽量地克制着自己，不让自己发出一点声音。

把手举过头顶

我坐在七岁的门槛上修造一根竹管。一把绿色的竹枝是我采自屋后竹林的某个高枝。通过一把乌黑的柴刀的修造，一支竹枪的枪管日渐成形。我喜欢枪，出生于七十年代的孩子都喜欢枪，都遐想自己在虚无的战场上冲锋陷阵。因为在那个没有英雄的年代里，书本告诉我们，解放军就是英雄，而长大后我们都是要当英雄的。

在黄昏雾气日渐浓重地涌来的时候，我在欲把枪管两头修得整齐的关头，顺手把自己左手的拇指也砍了。我是在砍了之后才猛地意识到我的拇指被砍了的。那是因为疼痛才带来的清醒。一截被砍的幼嫩的手指先是白骨森然，然后被涌出来的血液染得殷红。我吓得呆楞了很久，清醒的疼痛使我觉得自己应该哭一下。但我很奇怪我没有哭。我把被砍的左手从刀下拿起来，发现被砍的那一节拇指还被一块皮连着。我便把它放回原来的位置，用右手握着举过头顶。我走进屋里用带着哭腔的语气对正在熬玉米粥的爷爷说："爷，我把自己的手指砍了。"我细蚊子一样的声音很快给家里带来一片慌乱。

现在，很多人看见我的左手的拇指，是爷爷用草药把它接回来的。幼嫩的骨头在草药的威力下完成了它的分离和回归，但却留下一条完整的伤疤。我七岁的模样自己也记不得了，但修造枪管的情景却十分清晰，这影响了次日一场预约的战斗。我握着自己受伤的手指坐在门槛上，看见同伙们在对面的山坡上发起虚拟的战争，嘴里发出子弹的鸣叫。我呆坐的姿势像一截木桩。

稍大后我站在枇杷树下仰望我的大伯摘枇杷，一节枯枝顺着阳光呼啸打下，把我左边的太阳穴打得鲜血直流,愈合后又留下一条近两厘米的明显的伤痕。再后来读到高中,在即将毕业的那一年我的视力急剧下降到0.2,这使我在可以当兵的年龄里失去了当兵的可能,即使在跨过"独木桥"时,也不敢在志愿表上填上"警校"这个使人内心张扬的威风凛凛的名词。以至于到了谈恋爱的年龄,也只喜欢欢乐的女兵,并让女兵在自己的偶像剧场上演。我在七岁那年把双手举过头顶踅进小屋的时候,早已注定我告别英雄的理想回到普通的人群中来。

1982年,《霍元甲》等连续剧开始在中国上演,主人公在这一集里罹难,在另一集里又打倒对手。我们每晚走三公里的山村小路去一个电站看《霍元甲》,播最后两集时南方竟下起百年不遇的大雪。我们踏过被大雪淹没的田野行走在乡村曲曲折折的田埂上,被一次次摔倒。等如时赶到的时候,却发现电站没有电。这成了我二十多年人生里的一件憾事。但在那时我的内心里早已张扬着一种侠义和豪情,假想自己一次次飞檐走壁,救下落难的英雄和美人。但真实的情况是我体弱多病,除了通过晨跑与之抗衡以获得健康之外一无所长。不会篮球,对炙手可热的足球亦只是场外不太热心的观众。有一段时间流行武术,我跻身其中也学了几招,但现在除了可以演练到第七招之外,便演练不下去了。于是我便觉得我的人生的武打便只停留在第七招的姿势上。

从那以后我作为一个普通人生活已有很多年了。我参加高考,只考取了一所普通大学的数学系。我读书并喜欢写作,当中混杂着许多功利的思想。我恋爱并渴望结婚,恋人却不是我臆想中的女兵。我是芸芸众生中的一个凡夫俗子,内心生长着杂乱的荒草。当我回首那逝去的时光的时候,我看见来路上走来的那人不时被生活中某种尖锐的东西抵住腰部,一种声音小声地说:别动! 举起手来。那人不自觉地把双手举过头顶并茫然四顾。那人不就是我吗?

林场的那些事

佘普查
现居甘肃天水，供职于政府机关。

密槽沟，她拉了我一把

密槽沟，一个改变我人生命运的驿站。

那年我在密槽沟育林，因为要打通最远一个林班的道路，我被副业队长选中作为修路的负责人。这应了句古言：蜀中无大将，廖化做先锋。我们这些育林工，伐树装车割竹子是行家里手，修路筑石就显得生疏了，虽说同样是力气活，挖土搭桥看似简单，实则不易，大多数人看不懂图纸，特别是筑石墙，那是心眼活，手不巧，目不正，断难成事。在这些人中，我的文化程度可是数一数二的，我上学时几何学得好，加上悟性高，识图纸不在话下，而且按石头的造型，能砌得既稳固又美观。这条简易的公路就毫不费力地快要完工了。我自己则由于用上了脑子，力气活干得相对少些，叫同伴们好生羡慕，自己也颇为得意了些时日。

更没想到的是，一件更美的差事在等着我。

不说密槽沟的流泉瀑布,野树杂花,蝶舞莺飞,不说它的人烟稀少,瞎熊出没,冬寒夏酷。密槽沟蜜一样的名字让林业总场在这里设置了一个比工区大一级的唯一的单位:林科所。啧啧,当我之前在其他工区干惯了最普通的伐木活,初来这里心里有一股说不出的兴奋和自豪感。顾名思义,这里是搞林业科学研究的,这样神圣而光荣的事业怎么一下子摊在了我们身上。在工区,我们整天在现场员的监督下干活,如果他拉长脸向我走来,我就知道手里的活没干好,忙不迭地给他赔笑脸,工区主任和技术员的面,我们是很难见上的。现场员夹一把山刀转一转,队长殷勤地点一支烟,完了在工棚里混一顿饭吃,就悠闲地哼着哎呀哎呀的小曲下山了,让我们羡慕之极。现场员是前几年的合同工转正的,到我进山的时候已经没有这样的好事了,我有时想要是我早出生几年,或许也能当上合同工,也能转正。我们与家人通信,地址不再是某某副业队谁谁,而是直接冠以林科所谁谁,这让我写信的兴头大增,不断给家里去信,甚至还要给平素很少来往的同学去信,在那样闭塞的环境里,谁能阻挡得了一颗少年的虚荣心呢。

那天我正面红耳赤指责一个同伙将一块石头放斜了时,队长告诉我所长叫我去,所里来了实习的大学生,要我去当向导并帮助他们采标本测数据。我一下来了神,到工棚里换了一件干净的上衣,提着弯把锯,兴冲冲去了。

我一路哼着歌,顺手摘了几朵野花挨近鼻孔嗅嗅,彩蝶们翩飞的翅膀仿佛把阳光的汁水漾在了我的脸上,我感到既烫热又清爽。能和实习的大学生一起干活,怕是我做梦也没想到的。我16岁那年进山时勉强读完初中,以全公社语文第一,总分第二的成绩考上了高中,想着也许会有迈进大学门槛的一天,可是我的父母兄嫂认为我有了力气,就该挣钱养家了,念书能认得自己的名字就行了,祖祖辈辈没人读书,照样一代一代延续了下来,加上口粮不够吃,化肥钱一年欠一年,到山里育林挣个实落。村里搞副业的人也不停地撺掇,把山里说得天花乱坠,顿顿吃的白面馒头,端阳中秋还能大碗吃肉,大碗喝酒,强过家里的玉米糊糊。大学梦就这样昙花一现,只等来世再圆。

他们已经在所里的院子里等待我了,都是和我年岁相仿的少男少女。穿着整洁素雅,截然不同于我们破衣烂衫的民工。一种卑怯感突然袭上心头,迟疑着不敢迈动脚步。看见我,他们便纷纷爬上大卡车,热情地招呼我也上车,我硬着头皮攀住车箱,使劲上去的时候,因为手里拿着山刀,被车箱挡了一下,慌张中我的脚也未踩稳,眼看就要掉了下来,情急中觉得一只纤弱的手帮了我一把,当我站稳脚跟放开那只手,再看那位好心的人时,我惊呆了,天啊!只见一个清秀的女孩含笑站在我的当面,在我过惯了男人堆里的生活中,怎有如此的福分呢?我敢说那是天下最美的女孩,而我长这么大,还从没碰过女孩子的手哩,那手细腻、圆润、娇小,如玉如笋,我的心剧烈地跳动起来,脸腔也仿佛燃烧起来,留在手心的那种纤柔细腻的感觉简直无法用语言来表述。这一刹那的触动,此后就长期地占据在一个少年的心间,如梦如幻,如酒如露。

接下来的几天,我与他们钻山穿林,跨沟趟溪,同吃同劳动。我给他们一棵一棵介绍树种的名称,一节一节打截原木,帮他们细数树的年轮,并且学会了使用罗盘、水平尺等工具,在每一页的记录表格中填写数字和域名。当他们看到我的钢笔字写得流畅自如,端庄好看,在计算方法上居然不比他们差,惊异地对我伸出了大拇指,开始与我无话不谈,互吐心声。我知道了他们来自陕西的西北林业大学,也知道了他们大部分都是从山沟沟里飞出来的金凤凰,家乡的条件并不比我老家好,特别是那个拉我一把的女大学生,在林子里蹿上滑下,不顾藤蔓的戳刺,不顾蚊蝇的叮咬,吃苦的劲头不亚于男孩子,更激发了我与他们融为一体的强烈感触。我不再因为曾经的倒钩牛刺戳疼我而赌气地砍它几刀,不再因为一块岩石跘倒而坐在原地偷偷拭泪,我看到透过树梢的蓝天是那么的明净怡人,嗅到花草的气味是那么的沁心润肺,听到鸟声的啼鸣是那么的和谐悦耳。

然而这样的生活随着他们实习的中断很快就结束了,当我依依不舍地送他们远去后,就开始了郁郁寡欢的生活,当初进密槽沟的一点沾沾自喜也消失殆尽,干一天歇两天,窝在工棚里痴痴做梦。我知道自己和这里的育林工没什么两样,知道我们村里的人都是这样的出路,可是我想起在学校时的优异成绩,想起和大学生们在一起的一段愉快地生活,想起那个拉我一把的纤细的手,渴望一种新生活的念头开始牢牢地攥紧了我的心房。

20多年后，因我重续学业，靠一枝秃笔生活在一个小城里，我有了一份不错的职业，在与文字打交道的过程中，全新的生活也时时把诸多的郁闷摊在每一个日子，房贷，权欲，交易，煽情就像倒钩牛刺一样剜在心间，而刷新我灵魂的密槽沟也不时会在记忆中浮现，不知道那些大学生今天生活的怎么样，他们曾否记起我，那只纤细的不经意间拉我一把的手啊，我要告诉你，你不仅没让我从卡车上掉下来，还让我在生活的漩涡中站了起来。

夜宿党川

我在麦积的一个林场和工区主任因小事闹翻后，既丢了工作，也没要到分文的工钱，便怀揣着一腔的愤怨，背着捆紧的行李在工区附近的车站游荡，兜里只有平时积攒的几个零用钱，回家没法交代，也不是办法，但又不知去哪好。这时正好碰见村里的另一个伙伴去更远的观音林场寻活儿，他在那儿干过一段时间，较为熟悉。真是天无绝人之路，便和他挡了一辆进山拉木料的东风大卡车，给卡车师傅买了一包大前门牌香烟，我们高兴地站在车箱里进山了。在观音林场的一个工区我们找到了他熟悉的那个副业队，但队长却无可奈何地说最近也没活干了，要留只能留我们其中的一个人，我的伙伴费尽了唾沫，也未能答应。我想搞副业的一个难摊子，活多活少，不在乎多一张嘴，何况我凭自己的力气吃饭，但副业队长分明流露出挑剔的目光，我只好不再勉强，让他一个人干，我另投他方。此处不留爷，自有留爷处。我头也没回就沿着来路走了。

正是酷夏，烈日当头，天空瓦蓝，没有一丝的云彩飘过，滚烫的热风蓄满山洼，百鸟的叫声也显得有气无力，那些桦树、青冈、椴木的叶子蔫蔫的，都晒得卷刃了。给人平添出万般的烦恼、落寞和无助。我尽力挥手想拦一辆拉料的车去最近的党川林场，可是他妈的师傅们看见我那灰不溜秋落荒的样子，将车喇叭按得格外刺耳，径直往前冲去了，只把一股呛人的沙尘兜头裹来。这不能怪师傅们的缺德和没有同情心，因为在山里民工们挡车是家常便饭，而且师傅到处都去，好多民工都认识，保不准就有一

山坡上的阳光

范宏亚作品

个熟悉的民工在前方等着,对我这个陌生的大少年也就不在乎方便行好了。但我还知道师傅们有一个嗜好,那就是如果遇上一个年轻的女子,不管认识与否,会毫不客气地拉上的,用不着女子低三下四乞求,一发现路旁有行路的女子,他们都会主动刹车搭讪问去哪儿,也不会让她站在车箱里,而是热情地迎进驾驶室。当我一连挡了几辆车也未如愿时,气恼得埋怨娘咋没把我生成女孩儿,不然我会轻而易举地坐在卡车师傅的副驾驶位上,与他说说笑笑地行驶,或者为满足师傅们的坏毛病,与他们打情骂俏也未尝不可。这样想着,再不产生拦车的欲望了,决意徒步行走。峰回路转,我看见头顶的太阳一忽儿悬空,一忽儿隐没石崖,我想这是我生平第一次走过的最长的路,眼看太阳的影子再也寻不着了,前不着村,后不着店,只有走啊走,去党川林场才有投宿的可能,找活儿已成为次要的了,解决晚上的住宿那是至关重要了。幸亏还有一辆一辆的车从身边驰过,使人不会产生害怕的念头,要知道这无边无际的大森林里可不是闹着玩的,如果冷不丁窜出一头大瞎熊,先把你吓得呆若木鸡,再轻轻伸出巨掌,你就像一个稻草人一样任它玩弄和欺凌了。如果你能鼓出勇气来和它较量,或许能侥幸逃生,不然就大卸八件、呜呼哀哉了。不是我危言耸听,大凡熟悉山里生活的人,都知晓野猪害庄稼、瞎熊伤人的事可是屡见不鲜,习以为常。

终于,在天色完全暗下来时,我望见不远处有灯火闪亮,也能听见哞哞的牛叫声,估计就是党川场部了。这时我感到双腿突然灌满铅似的异常沉重,肩上的破被褥也像山一样压得人难以喘气,可见一路的行程我付出了多少的精力。我想人生就这样把一切意想不到的事突然摊在你的头上,让你体验世态的炎凉,肉体的折磨和灵魂的变异,像一剂包除百病的良药去慢慢回味。

我终于踉踉跄跄地住进了党川唯一的一家旅社里,有两张床,我对面的床上已经斜躺着一个人。我友好地朝他微笑了一下,同是天涯沦落人,我知道在这深寂的林区,每天都会有投宿的异乡人。譬如四川的漆客子,他们每天上山,将一棵漆树割得满身牛眼睛似的小洞,用浓浓的漆汁去换钱;还有安徽、河南过来的养蜂人,在幽深的峡谷里找一个地方,搭一顶帐篷,整天看着蜜蜂一趟趟采回各种花粉,酿成的蜜就是他们生活的保障,还有附近挖药的山民、过路的生意人,都到这个小地方来投宿。我不知道这位客人他来这里是做啥营生的,便主动去询问,没想到这一问却让我与他无缘住在了一起,而且使他在漫漫长夜里不知在哪里挨到天亮。原来他是一个蛇贩子,操着湖南口音,指着床下的一个扎紧了口子的蛇皮袋告诉了他的职业。当我的目光落在鼓鼓的袋子上时,大吃一惊,透过薄薄的袋皮,我分明看到有蛇在蠕动。天,我生平最怕蛇了,我在家乡的时候就被草里穿行或爬行的菜花蛇吓破过胆子。在山里干活的时候常常遇到在路边上纳凉的蛇,好在有人告诉我山里除了眼镜蛇有毒,其他种类的蛇大都是无毒蛇,也便对蛇的害怕减了三分,但要与蛇同宿一夜,那比登天还难。我决意不能在这间房里住了,便找服务员要求换房,可是都已住满,不能满足我的要求,服务员劝我将就一宿吧,出门的人,都不容易。我想起在麦积林区丢掉饭碗的苦涩,在观音林场那个副业队长拒人千里之外的眼神,来党川路上拦不住一辆卡车的绝望,我他妈的招惹谁了,我感到我成了世界上最倒霉的人,立时说不上怒发冲冠,但把所有的不快都发泄给蛇贩子和服务员,大吵了一通后抓起自己的行李快步走了出来。可是又到哪里去住呢?我站在院子里犹豫着,有一种叫"倒水瓶"的鸟儿在远处的林子里没头没脑地啼鸣,我的心就如浇了水一样凉凉的。没想到的是,这位先我而住的蛇贩子却主动给我让了位,背着蛇皮袋不好意思地朝我浅笑了一下,出了旅社大门,消失在茫茫的暗夜里。我于是重新回到房间,在临睡的时候还在床底下看了一下,看有没有从蛇袋里溜出来的蛇。

可是到了深夜,我却睁着空洞的双眼无法睡去。命运对我是如此的不公,不知道以后的路怎么走,想起这一天发生的事,真令人沮丧之极。可是那位蛇贩子呢?他又招惹谁了,他从大老远的地方来到这荒寂的山林里,攀岩走壁,风餐露宿,不惧蛇毒,求一碗饭吃,是大多数人都不容易做到的。可是因为与我的同宿,却不知这会儿流落在什么地方,也许在古庙里寂坐,也许在废弃的工棚里打盹,也许会碰上大瞎熊,也许……我不敢往下细想,这偶然的人生错位把所有的不公全都抛给了他,难道他就没有抱怨,没有失意,没有无助吗?

原来生活对每一个人都是公平的,只不过表现的方式不同罢了。怀着这样的联想和感触,天亮时我离开了党川。

皖南乡村段落

项丽敏
现居安徽黄山,供职于太平湖景区管委会。

腊月门

一进腊月门,每天清晨都会在杀年猪的喧哗声中醒来。

我家总是村里最先杀年猪的。那天,天才蒙蒙亮,一家人便起了床,父亲挑起水桶去河里挑水,这天需要的水最多,父亲要挑上十几趟。院子里摆着头天借来的杀猪桶,母亲不停地烧水,水烧开后就往桶里倒,母亲站在锅台前,被蒸气缭绕得看不见。

杀猪佬和徒弟们披着油渍渍的大褂来了,母亲赶紧泡上茶,端出早已备下的糕点。父亲陪他们坐着,抽烟,喝茶,聊些村中逸事。我像听说鼓书一样坐在跟前的小板凳上,杀猪佬递过来一块方片糕,我竟不敢上前接。我一直惧他,总觉得他身上带着凶险的血腥气,但最终还是抵不住方片糕的诱惑,把手伸长,低头接过来,转身一溜烟地跑了。

猪栏在屋后的院子里。那猪真傻，一点也没闻到空气中的血腥味，像平常一样心满意足地打着呼噜。想着它就快没命了，我心里爬上一些难过。这猪刚捉来的时候胖嘟嘟的，头两天不停地嘶叫，拒绝吃食，两天后，饿得没力气了，便乖乖地大吃起来。每天放学后，我丢下书包就背上竹篓，和邻家女孩一道上山打猪草，我知道它喜欢吃什么草，不喜欢吃什么草。麻叶、马齿苋、碎米荠、爬山虎……这些带着香气的草都是它爱吃的。它也认得我的声音。幼时的它特别顽皮，总是跑得无影无踪，每天傍晚我都要沿着迂回的小路找它，唤它回家，它听着我呼唤的声音，便会从角落里冲到我身边，用嘴拱着我的裤腿，讨好地哼哼着。

早饭做好了，母亲唤我端给师傅们，大海碗满满盛着面条，上面撒着葱花，铺两只油汪汪的煎鸡蛋。我暗吞口水，双手捧上桌。师傅们将披着的油大褂一抖，端起碗，蹲在大门口埋头吃起来，"吸溜吸溜"吃了一碗，第二碗就添上来了，不一会又添上一碗。我看着暗暗着急，果然，等他们吃好后，锅里只剩下几根烂面了。我用面汤泡上锅巴，嗯，吃起来也蛮香的。

猪栏里响起了惊恐的嚎叫声，这个整天只知道吃了睡、睡了吃的家伙已经预感到末日来临了。我手中一颤，放下碗向屋后跑。猪在栏里绝望地东冲西撞，冲断了一棵梨树，又冲倒了一个小徒弟。我在心里盼望着它能跳出半人高的围墙，但它毕竟太胖了，浑圆的肚子垂到了地上，怎么也跳不起来。它最终还是被几个壮汉逮住了，死死地摁在地上，母亲不停地唤着它，安慰着它："嗷喏……嗷喏……乖乖走路吧，明年再到我家来……"声音干涩，还哽咽了一下。

猪被抬上案板，杀猪佬一手按住它的脑袋，一手抄刀，杀猪的功夫全在这一刀上，手起刀落，一股血泉直射向早已备下的木盆里，有几滴溅在杀猪佬的胸前、手腕，猪的哀嚎越来越弱，片刻就没了声息。

最有趣的是给猪吹气，每年我都不会错过这一环节。杀猪佬给猪脚打个洞眼，将一根长长的铁杆捅进猪的体内，贴着皮肤，东戳一下，西戳一下，接着，便用嘴对着洞眼，鼓着腮帮使劲吹。杀猪佬说话的声音总是特别粗，丝拉丝拉地割人耳朵，这可能跟这长年吹气有关吧。

猪像气球一样渐渐变圆,圆得滑稽,圆得不可思议。我和哥哥围着变形的猪拍手跳着,笑着,方才在猪栏里的那一点难过劲儿此刻全没了。

最不喜欢看的是刮猪毛,刀和皮肤间粗粝的刮擦声让耳朵难受极了。我跑进堂屋,见四下没人,极快地抓一把糕点塞进口袋,可不能让哥哥看到,他会叫嚷得让母亲来骂我。等我悄悄将糕点吃完,猪已被收拾得白白净净,看起来体面多了。哥哥等不及地点上一挂鞭炮,"噼里啪啦"一阵炸响后,猪的魂魄就上天了。

杀猪的过程在此要告一段落了,师傅们在木盆中净过手,进屋坐下,抽烟、喝茶、吃糕点,缓缓气儿。

邻居们端着饭碗走拢过来,猪养得好不好,此时便要见分晓了。白生生的猪已被徒弟们倒挂在长木梯上,杀猪佬将吸了半截的烟在鞋帮子上捻灭,装进油大褂的口袋里,拍了拍手,很威武地提起刀。那刀锋刚被徒弟重新磨过,闪着寒光,"嗞"的一声,在鼓鼓的猪腹划落下来。"油有多厚啊?"邻居中有人热切地问。杀猪佬将手指按在翻开的板油上比划着,"不错不错,有一指厚。"母亲站在一边,双手在围裙上不停地擦着,脸上挂着满意的笑容:"明年的猪油够吃了。"

厚生生的板油被整片拽下,丢在瓷质的脸盆里,一颤一颤,莹润的脂白,透着让人极想触摸的温软。

徒弟围着木桶清理猪下水去了,杀猪佬将剖开的半边猪整个儿背着,"叭"的一声,重重摔在案板上。父亲拿来一束稻草,一叠红纸,杀猪佬一边听父亲报出斤数,一边举刀斩肉,一刀下去,分毫不差。父亲将肉用稻草束好,再贴上红纸,这些都是为亲戚朋友备下的。

年猪杀好了,腊味腌上了。进了腊月门后,年的味道便一天天浓郁起来。母亲的围裙不再能离身,变魔术似的,一会儿拎出芝麻来炒,一会儿找出花生来剥。每天晚饭的桌上都有翻着花样的荤香,猪肝杂汤、油渣炖白菜、腌菜烧猪肠……庄户人一年来辛勤劳作的成果,在这个时候,以食物的方式美美地呈现出来。

山坡上的阳光

村骂

早晨起来,有村妇在后山大骂,刚开始听不明白,后来听到一句"竹子能吃吗?"才明白过来,是骂偷竹笋的人,估计后山的那片竹林是她家的,偷笋者不仅挖走了笋,还挖倒了竹子,村妇气愤不过,就赶清早来开骂了。

这样的骂声小时候是经常听到的,在村子里,几乎每天都会有,有时是两个人对骂,有时是一个人在大门口跳脚拍手地骂,抑扬顿挫,声嘶力竭。待在家里的孩子,只要一听到高亢的骂声,就会像听到玩把戏的锣鼓一样,"嗖"地窜出门,在场院里伸长耳朵听,听不清就跑得更近一些,加入围观的行列。

围观的都是孩子,孩子们太喜欢瞧热闹了,好奇心切。这些孩子听过之后是要回家播报的,像新闻一样向母亲播报场景。

村里经常骂架的妇人也就那几个。我大娘(伯母)就是一个,大娘的两个媳妇也常开骂——妯娌之间对骂,也和婆婆骂,隔三岔五就来一场骂事。这两个媳妇长得都好,眉眼俊俏。大媳妇的嘴唇薄,口齿伶俐,声音如娇莺啼啭,节奏快,在骂事里总是能占上风。二媳妇的眼睛像鹿,生起气来水汪汪,就要流泪但强忍着不流下来的样子。二媳妇的骂是跟随着大媳妇的,大媳妇骂一句她随一句,倒像是回声,气势也弱。她俩住在一栋房子里,各住半边,共用厅堂和厨房,日常的磕碰是难免的,又都年轻气盛,谁也不肯示弱。

她俩最精彩的骂事是在厨房里,一个在东头,一个在西头,各人手拿菜刀剁着案板,剁案板声密集而凶狠,千刀万剐一般,这其中还伴有摔打和敲击声,从音质里可以判断是白铝锅盖与锅铲的交响。这场华丽的声乐总要演上一刻钟,之后突然沉寂,紧接着就是两个人的清骂了,大媳妇领衔主骂,二媳妇附骂其后。

俩媳妇骂架时,她们的丈夫是从来不出头的,没事人一样。她们的婆婆——我的大娘,也从不出头,不劝不拉,反正俩媳妇总会骂累的,骂累了就会歇下来,一切都还是原来的样子,刀上没有血,锅盖锅铲也没有碎裂,只有角落里生蛋的鸡会因受惊而逃出窝,丢下一枚新蛋,几根鸡毛,天黑也不敢回家。

俩媳妇的骂事里从来都是大媳妇占强。大媳妇和大娘对骂却占不了强,大娘骂起来就像巫婆的法事,披头散发,指天画地,那声音也是带着巫性的哼唱,时而裂帛般高昂,时而阴风般凌厉。大娘的骂语也是极尽污辱之词,似乎对方不是她儿子的妻,而是她的千古情敌。大媳妇的伶俐口齿在其中只是被淹没,兴不起一丝儿浪花。二媳妇这时候会在不远处,面含春色,若是身边有个人,她会开心地和这个人说笑不止。

二媳妇是大娘的外甥女,大娘对她是存着一些偏心的。不过大娘对这个外甥女也并不满意,总怨她不会过日子,就知道给自己买新衣服,穿得跟城里人似的,妖里妖气。大娘时常拿刻薄话敲打二媳妇,二媳妇也不接腔,脸色不变,好像不明白是在抱怨她。大娘也就没办法痛快骂她了。

二媳妇时常偷偷地在我母亲面前抹眼泪水,细数大媳妇的狠、大娘的恶。母亲于是就劝二媳妇忍一忍,说女人生来就是受气的,善心的女人更是受气,有什么办法呢……过后不久,大娘就会在一个清早跳到我家门口,指桑骂槐。大娘总觉得我母亲在暗地里挑拨她和媳妇的关系。

我母亲和大娘年轻时也常骂架,母亲不会使用杀伤力强的村骂词汇,也就从没骂赢过,每场骂事过后,母亲的喉咙都会嘶哑几天,元气大伤。母亲和大娘做了一世妯娌,也做了大半辈子邻居。大半辈子里,两个人碰了面要么扭过头去,要么各自转身,只有骂起架来的时候四目相对。也真难为她们,那样紧挨着居住,一条河里饮水,一条道上来去,哪一天不得碰上几回面,扭几回头啊。

大娘是十八岁那年嫁给大伯的。那天下着奇大的雪,眼睛都给雪蒙蔽住了,辨不清东南西北,大娘坐在躺椅改制的花轿上,四个人抬着她。花轿前面有两个人在雪地里开路,挖一个雪坑走一步,走了四十里山路才进门。按乡下的风俗,新媳妇是要人从花轿上抱下,跨过门槛进门的,大娘却不等人来抱,自个儿跳下花轿,踩着雪就进了大门,在青石门槛上还使劲地踩,把脚上粘的雪团全踩下了。她这一踩,堂前坐着的公爹就变了脸色,当场骂起来,"哪有这样的规矩? 一进门就踩,想把这个家踩在脚下么?"大娘这一踩是犯了大忌的,也不知是成心还是无意。果然不多久,大娘就像《红楼梦》里的凤辣子一样,掌管了家里的主事权,把公婆和丈夫治得服服贴贴的。

范宏亚作品

大娘能够当家其实也凭了一身蛮劲，她做起事来风风火火，挖山种田抵得上一个壮劳力。在村子里，会骂架的妇人通常都是能干的。我母亲刚过门时不会干农活，大娘就直撇嘴，很看不起的样子，"肩不能挑，手不能提，讨过来有什么用……"这话辗转到我母亲耳朵里，自然要比原话更加难听，这也是她们后来结怨的根由。

大娘老了以后很少再骂架了，似乎一辈子的架在年轻时已骂完了，除了偶尔和大伯拌拌嘴，她家里安静得只剩下母鸡下蛋的"咯哒"声。大娘息骂后，她的媳妇们也都和气起来，各自住了新房子，不在一起住，也就生不起骂架的事端了。

也不知从什么时候开始，大娘和我母亲竟然开口说起话来。

"吃过了吗？"

"洗衣服啊？"

"天气真热噢……"

——泛泛的招呼，语气里带着一些不那么自然的亲热。

大娘是去年夏天去世的。大娘去世前的一天，她的小儿子出了车祸，送到医院时已奄奄一息。当天夜里，满头白发的大娘手擎一盏油灯，从村头走到村尾，凄声唤着小儿子的乳名："四子，回家来吧……四子，回家来吧……"

八十岁的大伯跟在大娘后面，拖着苍老的声音应着："回来喽，回来喽……"

大娘第二天天一亮又去了庙里，去许愿，说是要拿自己的性命换回小儿子的命，说有什么报应就报应给她。从庙里回来后，大娘不吃不喝，睡在床上，只微弱地呻吟着，天黑时，大娘心口一阵绞痛，很快就断了气。——这些都是后来听我母亲说的。母亲说大娘给四子喊魂的那一夜，整个村子里的人都汗毛倒竖，睡不着觉。

四子一周后果然脱离了危险。四子的命是大娘从阎王那里换回来的，母亲说。

大娘入棺的时候，母亲和大娘的媳妇们一起在棺前跪着，唱歌一样哭着。大娘出殡时下暴雨，母亲打了把伞要送大娘上山，被人拦下，说山陡得很，又滑，不好爬。母亲想想也就收下伞，没送了。

女人的村庄在天边

周伟
中国作家协会会员，现居湖南邵阳。

七娘

七娘比七爸高出一个头还多，也大出 10 多岁。我童年的记忆中深深留下七娘的牛高马大和七爸的矮小萎缩。每当我哭闹不听话时，我娘就吓唬，再哭，就给你讨个七娘一样的老婆，我便乖乖地不哭不闹。

在生产队定工分时，七娘是女的，就不能给 10 分工。七娘就大骂，就和男人比试。七娘能挑 70 多公斤的重担能犁田打耙能踩打谷机能挖地……凡男人能做的，七娘有过之而无不及，七娘仍没能要到 10 分工。

七娘仍然出工，只是在挖红薯挖凉薯扯花生时，就饱饱地吃一顿，吃得比四五个人还多。当然，回家她那份餐是节省掉的，让给七爸吃。就说把七爸喂养得高大一点，像个男人。老人说：这哪儿的话，又不是你的崽！七娘就说：这是我自家屋里的事，要哪个多嘴烂舌的讲，俺唱被窝戏你也要管么？

有一年,按抓阄是七爸当队长。无奈七爸有病,七娘只好取而代之。也只有那一年七娘最为神气和欢快,她吆喝着大家出工,像模像样参加大会小会,那一年生产队得的红旗最多,七娘也第一次呷了10分工,虽然那记工簿上用的是七爸的名字。

七爸一病就15年。七爸死时,七娘没掉一滴泪。七娘还和人讲,总算去了!他也呷亏我也呷亏,还不如早早地去。这一讲就惹许多人愤懑:这女人太不像话,老七死不瞑目的,也让老七捉去好了!后来又有人说,瞧那鼻子那脸颊,一副克夫相。

就有好多人不愿跟七娘打交道。只有在夏天七娘摇着蒲扇总爱串我家的门。七娘顶喜欢我,总和我娘说这伢子日后定有出息。我就"七娘""七娘"很响地叫,七娘就"哈哈"笑着应。七娘有时和我娘唠叨时,脸颊上淌着泪水。我极疑惑,一个笑"哈哈"能打半斤的女人也淌泪水?

去年秋天我回了趟乡下老家,七娘新造了屋,很宽敞。七娘对我说:伟宝,我总算完成了任务。我晓得这"任务"是指为夫家生崽扶养成人并为崽娶媳妇续了"香火"。

我看着背驼得厉害眼睛闪过一丝亮光的七娘。

我久久地无言。

娥姐

那日,家里来了乡下老家的娥姐,我差点没认出来。娥姐手足无措地坐在沙发上,头发有点乱,衣着不整,寡言少语,脸上无光,老相得很。

娥姐原本不是这样的。娥姐大我6岁,长得十分俊俏。娥姐高中毕业,在学校是文工团的骨干,又学过裁缝。回家不久,就干了村里的团支部书记。那段日子,她活泛得很。而且她的号召力也是令人惊叹的,娥姐点子又特多,村子里新鲜事就多,就常沸沸扬扬的。

没过一年,该热的热过,就逐渐平静下来了。娥姐也已18周岁了。乡下农家主事的老人便说:是花,都得开。女大当嫁,男大当婚。娥姐听着起先只是嗤嗤地笑,稍后常和爹娘抬杠,却最后究竟执拗不过爹娘。

娥姐出嫁,找了本村的怀哥。出嫁当日,是要抬嫁妆的。路虽近,一条田坎就到,郎客断然是少不得的。做郎客自然是喜事,又这么轻松好做,我那次就做了郎客,得了喜钱。

娥姐嫁过去不久,公爹婆婆就把她们小夫妻分出来单过,这是我乡下老家的规矩。后来,娥姐又生了儿子。娥姐就少了些活泛,少了些点子。在大伙心中,娥姐还是一面不谢的风景,大伙选娥姐当妇联主任。

一日,娥姐和怀哥大吵了一场,还打了起来。其实,那是怀哥的不对。村上周秘书新近死了老婆,拖着三个小孩。娥姐瞧着,就跑去照料。怀哥就有鼻子有眼在大庭广众之下唾骂娥姐的不是,并大打出手。娥姐气不过,回了娘家。娘家爹娘竟也说,一个女人家不能东跑西颠的。娥姐委屈得落泪。不久就听说她要和怀哥离婚,怀哥说要离行,留下我的儿,干脆得很。娥姐果真离了。

后来,娥姐竟和周秘书成了家。这一成,怀哥就大肆宣扬,村子里就很多人将信将疑。娥姐一过去,累死累活地操持,上有老母,下有三个年幼的儿子,真难为她了。可老母还存心和她过不去,蛊惑着三个孙儿,满村子里嘀嘀咕咕,指桑骂槐。娥姐不能去看自己的亲生儿,又得不到后来三个儿子的承认,心里老是觉得缺点什么。日子愈过愈难,怀哥那边放出风来,说只要娥姐认个错,离了仍可以回去。其间,许多人相劝娥姐,都了无结果。

娥姐就这样硬撑着。娥姐就愈来愈不像以前的娥姐。

我想,这岁月也是无情物,把个好端端的娥姐弄成这样。

可是,这又怪谁呢?

漂在时间河流之上的村庄

李云
现居四川眉山，供职于眉山市发改委。

对一个地主的想象

有很长一段时间，村庄都生活在一个人的阴影之中。上了年纪的老人总是要反复提及一个人的名字，一个地主的名字。即使是这个人在刚刚解放以后就被人民政府镇压了，他也在很长一段时间活在人们的记忆里。他就是吴作舟，一个经常从我奶奶口里不断提到的名字。按理说，这个人与我一点关系也没有，我不该现在还记起他的。只是我听奶奶说的次数多了，也就对他产生了一点兴趣。

他是一个怎样的人呢？我奶奶说他是方圆百里以内的舵把子，用现在的话来说就是当地的黑老大，人们都叫他"吴大爷"。提起吴大爷，别提有多威风了，我奶奶说。到底有多威风呢？我奶奶说，一出门不是坐滑竿，就是骑马。滑竿是八个人抬，骑马的时候身后跟一大群人。当他从山下回来的时候，刚到山口人们听到一阵阵"哒哒"的马蹄声，还有马脖子上的叮叮当当的铃声，大家知道是吴大爷回府了，都要到路边去迎接他。你说威风不威风？我奶奶讲起吴大爷的事情一脸的神往。奶奶曾在吴大爷手下当过长工，她最羡慕的是吴作舟的女人，一年四季，身上都有穿不完的绫罗绸缎，他娶了八房女人，个个如此。吴大爷的女人真有享不完的福啊，个个吃香的喝辣的，长得细皮嫩肉的，从来不下地劳动。奶奶说，能过一天那样的生活，就是死也值了。

村庄中的男人除了羡慕吴大爷有几房姨太太之外，还羡慕他那至高无上的权力，方圆百里以内的事，没有吴大爷摆不平的，只要递上吴大爷的名片，就是有天大的事也得给他一个面子。吴大爷家中有数不清的财产，还走私鸦片，但他本人不吸鸦片。

我问过我奶奶他对下人的态度如何。奶奶说，对人很好，没一点架子，也不太苛刻，大家都愿意给他干活。有没有残酷剥削农民的事呢？奶奶说没有。没有的话，解放时为什么将他拉去枪毙了呢？奶奶说，那是政府搞错了，他其实是一个很好的人。

村庄中流传着这样一种说法，解放以后搞忆苦思甜的时候，土改工作组组织贫下中农控诉吴作舟的罪行，找了几个当年在吴手下当长工的人，我奶奶也在其中。工作组的干部说，吴作舟是罪大恶极的大地主，你们说说他是怎样剥削你们的？我奶奶他们异口同声地说，没有啊，他给我们衣服穿，给我们饭吃。工作组的同志接着说，怎么可能没有呢？你们好好想一想，吴作舟有没有在过年的时候上门逼债，搞得你们家破人亡的事情发生？大家还是异口同声地说，没有，过年的时候吴大爷还要送东西给我们呢。工作组的同志生气了，那照这么说来吴作舟还是一个大大的好人喽？许多人又异口同声地说，是啊，他是一个好人。工作组的同志叹了一口气，真是不觉悟啊，他剥削了你们一辈子，还在替他说好话。工作组的同志试图激起大家对吴作舟的仇恨，开了一次又一次的忆苦思甜大会，也没取得像电影上的那种声泪俱下苦大仇深的效果。工作组的人从我奶奶他们麻木的表情上形象地认识到了这样一条真理，对农民的启蒙教育是一项长期的艰苦的工作。

村庄中的老人都说，像吴大爷这样的地主本没有什么民愤，之所以被政府枪毙，主要是由于他的无知和孤陋寡闻，一个长期在乡间当地主的人对外面的世界一点也不了解，所以就糊里糊涂地干了一件蠢事，手里带了血案。那年春天，也就是1950的春天，有一队解放军从村里经过，村里的人从没见过穿着绿军衣戴着军帽的人，吴作舟还以为是外地流窜到这里的土匪，出于维护村里治安的考虑，他带人在村口设伏，用火枪打死了两名解放军战士。一个星期以后，解放军的大部队解放了我们村子。吴作舟和他手下的一帮乡丁被押赴刑场，执行枪决。这结果与我后来看的电影一点也不相似。

吴作舟被枪毙之后，尸体被运回了村庄，就葬在村对面的一座山包上。我长大的时候，背着背篓割猪草时经常会经过他的坟前。一个小小的土堆，上面杂草丛生。关于地主吴作舟的故事在我们村庄还在像杂草一样蔓延着。

最恐怖的人

当我的目光再次凝望村庄的时候，不经意间想起的居然是这个人，一个曾经像谜一样生活在村庄的老人，没有人知道他的身世，也不知道他是从哪里来的。人们只知道他姓钟，叫什么就更不清楚了。我怀疑在整个村庄可能只有大队书记知道，可他又很少向人们提起，因此人们都叫他"钟烟灰"，这名字的含义再明显不过了。他的脸脏得像一口锅的底部，总是黑黢黢的，头发乱蓬蓬得像山上野生的茅草。

我的童年是在对他的恐惧中度过的，我无法描述心中对他的恐惧，一个疯子，一个狂人，一个乞丐，一个魔鬼——无论我用什么恶毒的词语来形容他都一点也不过分。不光是村中的小孩怕他，就连村中的年轻的女人也像躲避瘟疫一样地躲着他。看见他从大路上走来大家会纷纷避开，绕道而行。小孩见他往往担心他那鬼一样的凌厉的眼神会把人的魂勾走，在我的心目中，他就像我听过的无数鬼故事中的黑白无常一样的令人恐惧。村里小孩夜哭，只要那家的大人说一句：哭嘛，"钟烟灰"来了！那家的小孩会马上乖乖地禁口不言。这种吓唬小孩的方法总是收到立竿见影的奇效。今天想来他是怎么成为人们心中的恐惧的，像他的身世一样依然是一个谜。

照理说他一定干过什么伤天害理的事情，人们才会如此怕他，可从小到大自始至终没有听谁说过他干过什么坏事。他整天像幽灵一样的在村庄到处游荡，肩头挂着不

范宏亚作品

知从哪里捡来的一副破褡裢,手里拿着一根又粗又长的竹棍,凶神恶煞地指指点点。他身材不高,身上的衣服又脏又破,无论什么季节总是穿着一套臃肿的棉衣棉裤,里面的棉花露出来黑得像浸了一层油;头发乱得像鸡窝,由于长时间没有清洗,中间的几绺粘在一处像涂了一层胶水,又干又硬;屁股后面几个破洞,露出与他脸上肌肤一样黢黑的消瘦的臀部。比我见过的任何一名乞丐都要狼狈。

"钟烟灰"一天到晚不停地走,但绝不走出村庄的范围。饿了在地里掰玉米,抠红薯,扯萝卜充饥,渴了只要看见有水的地方就埋下头来猛灌一气,不管它是牛滚凼,还是臭水沟。走累了回到村里为他盖的小房子睡觉。没有人理会他的存在,却又无时不感到他的存在,他不和村里任何人说一句话,即使人们很友善地对他,他也要瞪着像狼一样的凶狠的眼光冷冷地打量人家。

我离开村庄的第二年,"钟烟灰"死了,死在一块烂田里。那是冬天,下着很大的雪。人们发现他的时候,身上盖着一层厚厚的雪,手中还握着一根棍子,头深深地埋进水里,像要自己钻进土里似的,脸上没有任何表情,像生前一样冷漠。他的旁边留下他挣扎过的痕迹,队长说就把他埋在这里吧,说不定这是一块风水宝地,保佑他早点投胎,下一辈子做一个幸福的人。

第二天,那块稻田里隆起了一个小小的土丘,除了村里人,没人知道那里面躺着一个怎样的人。前几年我回老家的时候,看见那个小土丘已不复存在,上面种满了庄稼,油菜花开得正香,有许多蜜蜂在花间飞来飞去。

上马路

袁瑛
现居四川眉山。出版有散文集《芙蓉哪里开》。

省道穿过双河场的那一截,分别被称为上马路、中马路、下马路。

上马路的女人多靠开铺子顾生活。小食铺,卖蹄花饺子。场上的女人是宁愿起早贪黑做生意也不愿去打工的。自家现成的铺子,打开门就把生意做了,自己做生意不受人限制,生意好,赚钱多,钱多就多花;生意不好,钱赚得少就省着花,图的是自由。再小的生意,就是摆个缝纫机在屋檐下,每天也是有进账的,多少不论,吃饭是绰绰有余。

仙仙读中学时和我同级。中考过后,我拿到了高一级学校的录取通知书,仙仙羡慕,说,你书读得真好!她想去上职高,但父母不同意,坚决不同意的是她父亲。她父亲,用马路上的人的话来讲:屁本事没有,酒桶一个!清早喝的酒还没挥发掉,中午的酒又喝进肚里了,一天到黑都泡在酒罐罐里。冬天趿拉一双毛拖鞋,夏天趿拉一双凉拖鞋,二不挂五的样子。看见人,就歪着一边肩膀凑过去对人说:我是坚决不同意仙仙读职业高中的!职业高中是整啥子的?是哄钱的!三年后出来,还不是要自己找工作,白事!我何苦花这三年的冤枉钱!这酒鬼尽管四处唱高调,马路上的人却都知道,仙仙就是考上了高中,他也不会让仙仙去读的。不是不要,而是他根本没钱让仙仙读书,家里的两个钱都给他喝酒了。所幸他家虽在场上,但不是居民,还有些地种菜种粮食,不至于饿肚皮。双河村土地不多,靠近河的那一片土地很是开阔,但都是沙地,只能拿来种菜,遇上发洪水还有被淹的可能。公路对面有一大片良田,政府开发双河新街占掉了大部分,剩下的平均到双河村人头上,仅三分左右。

仙仙妈是外县大山里嫁来双河场的,家境不好,嫁到这边家境也不好,只是路要好走些,出门看得远些。仙仙妈是愿意仙仙去读书的。她心疼娃儿,觉得娃娃这样小就不读书了可怜,即便要去打工,也要等到十八岁后。可她又不敢和仙仙爸顶嘴。一顶嘴,仙仙爸就一口一个滚,滚回你山旮旯去!她最听不得这个话,听到这个话心里什么滋味都有了。她离娘家远,嫁出来后几乎没怎么回去过,没钱回去。上马路的,全是婆家的人,隔心隔肺,平时连个掏知心话的人都没有。她一想起这些眼泪就包不住,仙仙爸是个怪物,看不得女人哭,女人越哭他越来气,什么顺手拿什么打人。一年 365 天,仙仙家难得有一天清净日子。这母子俩命苦,抻展日子过不上,清净日子也过不上。

仙仙没去读书,也没去打工,就守在家里。忽然就有了年轻小伙子出入她家,众人都以为是仙仙的男朋友,但是从不见仙仙和他同进同出。问了仙仙妈才知道,场上农村信用社的一个大龄男青年看上了仙仙,执著地追到了家里,经常给她家送点东西。可是怎么殷勤也博不到仙仙的欢心,仙仙对他连个正脸也不给。过不了多久仙仙去电工厂上班了,小伙子也来得淡了。等我师范毕业,她正儿八经谈了男朋友,这一次是她自己喜欢的,一个外地来双河场做生意的小伙儿,做干杂生意的,卖花椒海椒孜然粉,海带木耳干黄花。两人耍得很黏糊,大白天都抱着在马路上走,小伙儿时不时嘟着嘴巴亲仙仙。上马路的人看不下去,说,要亲热回家关门亲热去,大白天的,大街上,硬是不羞哦。仙仙妈亲耳听到了这些话的,就督促二人结婚,结了婚免得人说闲话。结婚后仙仙就开了蹄花店,她家临马路,打开门就把生意做了。起初人们并不看好仙仙的蹄花店,后来发现好多司机直接就把车子开到了她家铺子门口,大家才发现,咿呀,这仙仙的生意好哩!

山坡上的阳光

范宏亚作品

赵云绣开着卤肉铺子，卤猪头肉和鸭子卖。她是从乡下嫁到双河场来的。她大姑子在双河场卖卤鸭子有十数年的日子，她嫁来后，也学了这手艺。她极窈窕，也好打扮，就是去菜市场卖卤鸭子，也会抹了胭脂口红，蹬双八寸的高跟鞋。她眼睛极媚，眼角先天生成上挑状，上马路的女人背后讲她长了双戏子眼睛。眼睛不大，但是暗黑微鼓，黑得生烟，有点迷离和梦幻的味道。柔顺的披肩发，染成酒红色，喜欢穿很粉嫩的衣服，每天都搭白粉抹水桃色的胭脂，涂橘红的口红。她卤的鸭子很好卖，别人常要到一两点才收摊回家，她11点一过就骑着三轮车回来了。她每次到公路对面就喊"其伟"，然后刹了车从三轮车跳下来立着，她男人一听见她喊，立刻大声应着，快步跑到公路对面接过婆娘手里的三轮车把，左右望望没有车辆过往，三步并两步把车子推过公路，再从自家台阶上搭了木板推进屋子去。早上，其伟也是把三轮车送到公路对面再交给赵云绣。上马路的人大多觉得赵云绣命好，丈夫体贴听话，生意也做得顺手，都羡慕。也有说怪话的，"她赵云绣哪里是在卖鸭子嘛，那是在卖鸭子哦？每天整得那么光鲜，像卖鸭子的哦？卖她自己差不多。"

赵云绣忽然跑了。一个普通的黄昏带着她嫁来后卖鸭子挣下的金银细软跑了。之前没有任何征兆，跑的那天早上她还去菜市场卖了一场卤鸭子，也是其伟把车给她推到公路对面，回来也是其伟帮她把车从公路对面接回来的。

众人在摆谈赵云绣出走的时候发现，其实赵云绣早就有问题了。有人回忆起曾在县城里碰见她和一个陌生男子一起，也有人回忆，好几次，天亮起来解手，看见有人从她家后院墙翻出来，高高瘦瘦的一个男子。一对比男子特征，众人肯定是同一人，然后恍然大悟，原来是这样。就叹息起来：赵云绣这么机灵的一个人，怎么也和没脑壳的桃枝一样做蠢事！

桃枝，和赵云绣一样，是从乡下嫁到双河场来的。桃枝能嫁到双河场，桃枝的四亲八戚左邻右舍都说桃枝烧了高香。桃枝尚未成年父母就先后死了，靠一个没有生育能力的姑妈接济长大。姑妈本打算把桃枝过继了，姑父不同意。姑父嫌弃桃枝。桃枝笨，每期考试都是倒数第一名，有口涎病，嘴巴一直合不拢，口水从嘴角流出来，长长地垂吊着，不断。桃枝一流口水就跟神婆下神一样，魂是离了身的。姑妈每次看见桃枝流口

范宏亚作品

水就大吼一声:桃枝女,把嘴巴给我闭紧点！她姑妈一吼,桃枝的魂马上就回身了。她立刻伸手抓掉已经悬垂到胸口的口水,嘴巴上抹两把,使劲闭上嘴巴,努力想把两片嘴唇都闭进去。她姑妈经常叹气:"桃枝！二天哪个要你哦……"

桃枝姑妈有个女同学住在双河场,女同学的丈夫是双河镇的人大主席,把女同学从乡下迁到了场上。那人大主席,是镇上的播音员出身,声音又长又高,在台子上讲话不能用话筒,一用话筒能把底下坐着的人的耳朵震聋,跟少林寺的狮子吼一样。女同学是个热情的人,喜欢家长里短,喜欢做媒人,她把自己村上的姑娘介绍了好多个到场上来当媳妇。到场上当媳妇,相当于跳出了农门,那是好多乡下女子努力走的一条路。桃枝姑妈去求了女同学,希望女同学也给自己侄女放户好人家。桃枝姑妈并没有奢望把桃枝说到场上,只是觉得女同学见多识广,可能找到和桃枝般配的人——和桃枝一样有一点点缺陷的。就那么巧,女同学的干女儿也找女同学给其侄儿子说媒,女同学看了那侄儿子,老老实实,矮矮胖胖,人杵在那里跟杵一堵墙没什么区别,当下两手一拍,现成的一对。

看人那天,女同学精心把桃枝打扮了一番,擦了胭脂,抹了口红,喊桃枝姑妈跟着,随时提醒桃枝把嘴巴闭紧,别让口水垂下来。女同学干女儿的侄儿子在上马路开修车铺子。三人走拢铺子,在铺子外面一张三人竹椅上坐下,椅子上糊满了机油,女同学欠着身子坐了半边屁股上去。刚挨着凳子,就发现了她干女儿的侄儿子,即刻抬起屁股朝那干孙子走去,那干孙子半个身子趴在一拖拉机的车头,她走上去在那干孙子背上使劲一拍,吼了声"廖老三"！廖老三下意识"哎"了一声转过头来,又扑下去了。女同学凑近说了句什么,随即满面笑容地跑过来告诉桃枝姑妈,说:看中了看中了。两人都欣喜若狂。桃枝一直紧闭着嘴巴害怕口水流了出来,她还没有看清楚那个男的到底什么样子呢,只在他转头的瞬间看见有两颗黑珠子对着她咕噜咕噜了一阵。

桃枝第二天就住到廖老三的铺子里。不是桃枝的意思,是桃枝姑妈和桃枝姑妈女同学的意思。桃枝以为自己接下来的事情是搭着廖老三的摩托车四处兜兜风啊,看看电影啊,溜溜冰啊,逛逛县城啊,她刚把这个意思一表达,桃枝姑妈的女同学就恶狠狠地掐断了她的念头,"你以为自己是朵花儿啊？鼻子眼睛花！别东想西想吃了不长！明

范宏亚作品

天就住过去！迟了没你的份儿了！"

上马路的人都觉得桃枝是赖着嫁给廖老三的。但是奇特的是，桃枝结婚后就不再流口水了。而且因为生活变好，桃枝越长越丰满，尤其是两个奶子，膨胀得异常大，低头都看不见脚尖了。俏皮点的婆娘经常逗廖老三，"廖老三廖老三，你把桃枝退了我重新给你介绍个合适的姑娘！"廖老三就只嘿嘿两声，汉子们才叫张狂，"退得了球的！退不了了！都开过封了！"男人婆娘便都大笑，廖老三也笑，还故意拉长着声音说，"哦！退不了了！"

廖老三整天只知道修车，对于桃枝对于生活没有二话，不问咸淡不计好歹。桃枝刚开始不会计划生活，买卖无节制，一遇到个头疼脑热人情往来就没钱了，只有哭的份儿。廖老三从不指责动怒，从熟悉的拖拉机师傅借了钱来周转维持，这样的情况总是一而再再而三地发生。有天在桃枝身上发生了一件令马路上的人吃惊的事。桃枝和一个经常到廖老三铺子里修车的男人偷情，被廖老三撞翻，抓个正着。廖老三在铺子外的地坝里修车，桃枝就和那个男人在铺子里的床上云雨。上马路的男人说：才胆大呢！上马路的婆娘说：才愚蠢呢！

桃枝姑妈的女同学第一时间赶来，二话没说，抬手就是几耳光，重重地扇在桃枝脸上，把桃枝本就哭肿了的脸打得变了形。廖老三连忙拉住了这位官太太。桃枝姑妈的女同学一屁股坐在桃枝家油光光的椅子上，指着桃枝爹呸妈呸地骂。全是村妇狗急了才会骂的难听话，连珠炮似的，气都没息过。骂了好一阵，停住了，尔后就是长吁短叹，捶胸顿足，眼泪鼻涕长流就是不再言语一句，那阵势仿佛自己亲闺女犯事一样。廖老三生怕气坏了官太太，反而向官太太下保证：我是对桃枝没有二心的，我是愿意和桃枝过下去的，就看她，她有二心我就没有办法了。官太太一听这个话，精神振作了，马上发话：桃枝！你个呸花花儿！你把那乱七八糟的关系给我拣顺！从今后好好和廖老三过！听着没的？桃枝哭得憋了气没有出声，官太太伸脚就踢，一腿就把桃枝给踢翻在地。廖老三赶紧把桃枝搂起来坐正，喊着：桃枝快答应啊。桃枝泪眼婆娑，点了点头。

这蠢事过后，桃枝和廖老三，开始以一种稳固的关系状态进入他们的生活。而赵云绣，携带金银细软投奔一个与上马路很陌生的男人去了。

对岸的村庄

江子
现居江西南昌,供职于《创作评谭》。

从小时候起,我对与故乡一江赣水相隔的村庄怀有一种特别的情感。这种情感既有类似对远逝事物的牵挂,又有对不可知的事物的猜想、期待和向往,以及一种愿望未获满足的惆怅。我不知道,是仅仅因为它是与故乡对应的一个存在,还是它曾是我的家族故乡之外的故乡?

越过一片田野,爬上一段堤,就望见对岸的村庄了。离岸最近的是一座瓦窑,阳光下依稀可见暴露在周围的碎瓦片,但从我记事起从没见它升起过窑火,好像已经废弃多年,它的存在似乎在于为村庄做一个无声的见证,或是专为村庄秘密的埋藏。瓦窑旁边是一片树林。树林密密的要把一切都裹得不透风似的。可总有声音和色彩从林中透出来,早晨的鸡鸣声和开门的吱呀声,节日或喜庆日子里的鞭炮声,黄昏四起的氤氲的炊烟,一抹金黄的油菜花,都让人感觉到树林里村庄的坚韧存在。树林和村庄后面是山,连绵起伏,无边无际。

村庄不大,四五十户人家的样子。村名叫西流,一个没有任何能指的地名(赣江的水是向北流的），有如为一个刚出生的孩子随意取下的乳名，或是在玩笑中给人取的一个绰号，并没有什么供人联想的特征。当然也可能叫"西周"什么的，其实与历史上某些重大的事件关联，千百年叫下来就叫成了这只有符号意义的谐音——这在赣江两岸是经常发生的事。

要说对岸的村庄是我家故乡之外的故乡，得从我的太祖父说起。

那是几十年前的事了。听仍健在的祖母讲，作为故乡方圆有名的一家杂货店的老板，太祖父常到对岸的村庄贩售土产。与对岸来往熟了，竟与一户儿女辈的人家认了干亲，女主人为干女儿，男主人为干女婿。虽是认的干亲，双方红白喜事，却都是按真亲的礼数，贺礼无不详备。祖母评判，太祖父与他的干女儿一家的关系，比亲父女还要亲。

有了这门干亲，太祖父在对岸忙生意晚了，根本不着急找渡船过河，而是常常留宿干女儿干女婿家中。他还常常抽空专到对岸小住几日，抿着小酒，唱着小曲，在专门为他准备的干净床铺上响亮地打着呼噜，俨然在自己家中而乐不思蜀。

在太祖父去世多年后，我经常独坐赣江边，透过悠悠赣水望着对岸，怀想着太祖父。我想，太祖父在对岸的村庄认下干亲的举动，是一个商贩的浪漫，还是仅仅为了生意方便找一个下榻的地方？是偶尔的心血来潮，还是源于他对别一份生活的向往？

揣摩一个我未曾谋面的人的心情是徒劳的。太祖父于我是多么地抽象遥远。而父亲在对岸的被他称为干姑姑一家的经历，却显得那么的真实。

太祖父去世后，两家的关系依然亲密如初。我的伯父叔叔们小时候几乎在那里受到过亲侄子的礼遇。父亲更是备受干亲的宠爱。祖父生下父亲兄妹九人，父亲非长非幼，很难得到忙于生计的祖父祖母的宠爱怜惜。据说缺乏管教的父亲小时候非常顽劣，每当闯了祸挨了祖父祖母的揍，父亲就躲到对岸去住上几日。一到对岸，他很快就忘记了满腹的委屈，与村里的小伙伴昏天黑地地玩耍，一起下水摸鱼，上树掏鸟，追猫撵狗，无所顾忌地施展他玩劣的天性。结果他不但不会挨揍反而惹得干姑姑如对亲生儿子般地疼爱。他吃着专为他炒就的腊味，在干姑姑怀里扭捏作态地撒着娇，听干姑姑亲昵地唤着他的乳名，内心竟充满了从没有过的幸福。他甚至认为与故乡做法无异的年货，都有着别样的美味。

父亲对对岸甚至怀着深深的感恩。因为开杂货店生活比别人宽裕，太祖父在"土改"时被嫉妒的故乡人定为"地主"。文化大革命时，已去世的太祖父性格最执拗的"黑五类"的孙子也就是我的父亲常被批斗，甚至被打得遍体鳞伤，尊严扫地。在那噩梦一般的岁月里，父亲甚至想到过死。而每次批斗之后，他总偷偷跑到对岸。是在那里，是在那种非血缘却胜于血缘的亲情的抚慰中，他的苦痛有了些许的消解，他的身心得到了些许的慰藉。

父亲每对我说起他在对岸的经历，脸上总洋溢着少有的生动表情。而时间是无情的，一如赣水，一逝不回。至今，父亲老了。经过了岁月的风风雨雨，他满是皱纹的木讷的脸上已找不到一丁点少时顽劣的痕迹。我想，父亲对对岸的向往和痴迷，除了对一种朴素至深的情感的深深铭记，不过是对至今已与他一河相隔的包括童年在内的岁月一种深深的怀念而已。

我的家族与对岸的坚韧维系，使我对对岸被太祖父结下干亲的一家产生了极大的好奇。我想，这是怎样的一户人家，竟使太祖父有了结拜干亲的兴趣，使父亲怀着深深的感恩？他们有着怎样的好脾气、好性格？太祖父的干女儿由于过早谢世我没能谋面，我却见过已儿孙满堂的被太祖父唤作干女婿的老汉。那是我祖父去世后的一年农历七七。七七是故乡祭祀河神、与亲友共庆丰收、祈求天赐风调雨顺的节日。老汉是带着他的小孙孙来的。他留着山羊胡子，个小，精瘦，背脊微驼，操一口与故乡完全不同的口音，身上浆洗得干净的对襟大褂扣得严实，一看就知道是一个老实勤勉的庄稼人。不知为什么，他的神色并没有到至深故交家里的亲切随意，相反还显得有些拘谨。带来的小孙孙由于我没给他毽子踢而号啕大哭时，老汉竟尴尬万分。他时而大声叱喝时而蒙哄着孙子，手足无措，生怕冒犯了谁似的。他的这种尴尬和拘谨，可是随着太祖父和祖父的去世两家的交往已远离了当年的背景而使他有了生疏之感？

老汉不久也去世了。毕竟是太祖父结下的干亲，维系了几十年的感情，至今已疏于走动，十分地淡薄了。岁月如流，已轮到我怀念与我一河相隔的童年了。我至今常想念起年龄与我一般大、当年和我吵过架的那个叫小水的老汉孙子。哦，不知他现在长成一副什么模样，有着怎样的人生命运。他是否还记得那个曾经因为不给他毽子踢让他号啕大哭的小男孩,是否依然在生我的气?

而我竟十分地羡慕我的太祖父和父亲,曾经拥有这么美好的一个所在和这么美好的一份情感。很多时候,我甚至幻想父亲也如太祖父,与对岸一户善良淳朴的人家结下干亲,使我在这个世界上,孤独的时候有一个排遣消解的地方,想流泪的时候有一个可以放开喉咙号啕大哭的地方,假面具戴久了有个可以让我摘下面具素面朝天的地方,受到伤害时有一个可以躲避人群让心灵得到抚慰的地方。我时常坐在河边,怀着向往的心情眺望对岸,我想那里有着故乡没有的美好,没有争斗倾轧,没有仇恨苦痛。人人性情淳朴,双目清净,内心了无纤尘,生活充满了光彩和趣味。甚至于所有美好的心愿都可以实现,所有热烈的企盼都不会落空……

其实我是到过对岸的,坐着船,越过二里宽的河流,对岸就到了。走过裹着村子的一片树林,展现在我眼前的情景与故乡并无二样:一样的房子,一样的门楣和瓦楞,一样的褪色的春联。一头猪在污泥里打着滚,像我故乡的那样。一条拴在树桩上的牛无所事事地甩着尾巴,腿上新鲜的泥土好像刚犁完故乡的地回来。巷子里的鸡像是刚啄完我家的米粒,在阴影中悠闲地踱着步。那里的面孔也与故乡的毫无二样。所不同的只不过是耳边飘过的几句乡音罢了。

我在那个村子徜徉了一日。我从村东走到村西,从村南走到村北。我在心里告诉自己,这是太祖父、祖父和父亲向往和生活过的地方,是折叠起祖辈的趣味和命运的地方。我想我碰到的许多人中,一定有人认识我的祖辈,一定了解我祖辈的许多事情。我却没有去打探那户曾被太祖父称为干女儿的一家的念头。我甚至没有跟任何人说上一句话。我的到来没有引起过任何人好奇的询问,好像我是这里的人似的。有几条狗看了看我,依然走着它们的路。

回到家后,我依然时常坐在赣江河边,眺望着对岸的村庄,内心依然充满着牵挂和向往。它在我眼里,依然有着故乡没有的美好。在那里,许多美好的心愿依然可以实现,许多热烈的企盼依然不会落空。

我并不感到遗憾。我固执地认为,我所到过的对岸的村庄和我坐在故乡的河边眺望的村庄并不是同一个村庄。我相信,有些事物,并不在现实中,而在我的梦里。

宽大的积木

闫文盛
现居太原,山西文学院签约作家。

幼年的某一天,我们用废弃的木料搭建了一座房屋,有门和窗子,可以供想象中的未来居住。屋子很低矮,并且呈现出不规则的多边形。它建造在院子里,占据了很小的一角,多年以后我们已经忘记了它的具体位置,但可以记起它的名字。这就是"宽大的积木"的由来。我们当然没有住进去,它在记忆的空间里存活多年,再也没有长大,低矮的墙壁一如往常。这些年下来,我们积累了许多类似的居所,从南到北,一座连一座,似乎我们已经拥有一个富有的王国,我们终将成为一个地产大鳄。与此相对照,我们在现实的世界里找不到落脚之地,在生存的边境线上盘亘多时,到现在为止都住在别人的房子里。这样一来,我们就没有安全感,经常搬迁,并从梦境中醒来,发现周围非常陌生。我们在这个世界上流浪太久,茫然不知归路。有许多小书,都已经记载过这一切。我们后来也学会了写作,迫不及待地加入到这一支队伍中来。相对于故乡来说,我们确已成了游子,心灵中产生距离感,无论远近,对我们都是一样的。离家久了,我们的思念会像酵母一般发酵,浓稠湿重。我们当然无法建造一座座住人的木头房子,只能画饼充饥，滥竽充数。有人说，流离失所的生活会带来深层的隐痛，我们以实践证明了这一真理，并且妄图改进。现在，我们租住的房子较之以往，明显大了一些，在新区域的居住时间，相对长了一些。这都不是解决问题的根本之法。当然，我们都明白这一点，所以但凡想及这一层，我们的痛苦就无以复加。后来也没有找到缓解的法子，只是时日愈长，觉得要解决问题也不急在一日两日，就依旧采取以往的策略，把事情搁置起来。现在，它像是一个巨大的悬疑一般横亘于我们的生活中。

因之，我对自己的生活得失在心，开始像小妇人一般斤斤计较，面目愈加可憎。暗地里，我这样分析自己的生活：如果日常收入及储蓄有增长，似乎离稳定的生活便近一步，那悬疑的成分便降低几成。但是长期以来，保证生活中的稳定性常常成了未知，储蓄一事便几番搁置。我曾经做过的美梦一再地重复，时时寄希望于发一笔横财。这也是多少人曾经做过的白日梦，据说并无害处，反有裨益。然而我检点自己，还是觉得荒唐可笑，我目下的一切都是琐碎而鄙陋的。不足以示范于人，更不足以与我在乡下所获得的巨大声名相匹配。但是后者激励我的自信，使我在异地谨小慎微的生活有了一个巨大的支撑。我时时觉得自己的信心澎湃，未有穷期，似乎现实的磨砺也仅止于一个暂时性罢了。当然事实远比这些复杂得多。如果濒临绝境，无论我怎样绞尽脑汁，似乎都于事无补。在某些时空中，一些事物被人为地放大了。在我看不到的时间暗部，循环往复的岁月河流潜藏多少陈年旧事。我们的回忆与稍后的现实既有关联，又并非完全一致。这样看来，出现在今天的我们内心的焦虑也可能是一个系统内部的分支，像我们幼时所搭建的那所积木房子。它本是乡间嬉戏的一部分。我们现在想来，用泥巴或木料作为建筑材料由来已久。那些废木料是木匠做活留下的，许多人家的场院里都有。似乎家家户户都做过门扇、割过木窗户，或者为年迈的老人准备了棺材。但还没有一个木匠造过一所木头房子呢。我们的初次尝试带着明显的游戏性质，因为我们所用的木料粗细长短不一，严格说来，根本不是建筑栖身之所可用的材料，有一些时候，如果木料的尺寸实在不成规格，我们还需要用斧头把它截断或者从中间劈开。但我们的技术不好，在裁剪的过程中容易做得过火，这样一来，我们的"宽大的积木"要多丑陋有多丑陋。然而这也没有什么。在我的记忆中，将房子搭建好，用钉子把它们严密地

范宏亚作品

组合起来,还做出奇形怪状的窗户和门,就算大功告成了。因为是用粗短木头做墙壁,细长木头做屋顶,所以房子是俯伏在地上的,几乎低到了尘埃里,但看上去还算结实。我们垫上柴草,把一只小狗放在里面。

我们用一种简单的游戏寄寓自己的生存理想。多少年后,我们听到"住有所居"这样的词,感觉如此熟悉。但因为居住已经成了大大的难题,所以我们的记忆显得那么空洞和不切实际。在相当长一段时期中,我都习惯于把父母的家叫做自己的家,把他们目前所住的房子叫做我自己的房子。那房子地处偏远,不是中心,因此我才离开家乡远赴异地谋生。十年过去了,我们的目光在最基本的生活需要方面长久地停留。我无法准确地预计我们将在这样的需求中停留多久,就像二十岁的时候,我们不知道到了三十岁这一年我们会变成什么样子。伴随着时光的递进,我们的万丈雄心在慢慢地消解,诸多想法都归于平淡。时光还把人带到了另外的地方,就像火车运载着理想,把人带到了另外一个地方。这种想象本身是奇特的。长长的夜晚,曾经有多少次,我们站在陌生的街区上,琢磨着自己将会在这一个陌生地待多久。后来返归这些街区,白昼里看不到夜晚的特征,我们似乎已经将陌生的成分从头脑里驱除出去了。我们渐渐发现,我们需要的东西太多了,而且此消彼长,根本分辨不清。我能够确定的是:有一段日子,我确实琢磨过要做一个水利方面的专家(这与我就读的专业是一致的),但结果适得其反,我不仅不能够向专家这一目标靠拢,就是连简单的技术员都没有做成。原因之一是,从学校毕业之后,我没有获得进入水利部门工作的机会。原因之二是,我的专业成绩并不好。所以尽管我有过类似的希望,但在一次次碰壁之后,我终于离开了这一初衷,而改行当作家了。说起来,这是一件多么滑稽的事。因为众所周知,写作这条道也不好混。这十年来,我的思想上也有过起伏,可是阴差阳错,我只能靠码字吃饭了。

但在母亲看来,写文章远不像在水利局(现在更名叫水务局)工作那样实际可靠,她甚至告诉别人她儿子就是吃水利饭的。在母亲看来,写多少书还不像在乡下拥有一套自己的住房可靠。房子可以遮风避雨,触目可见,乡下娶亲说媳妇离了房子都不行了。母亲对乡村之外的高楼大厦没有概念,她只知道在乡下娶媳妇盖房子的艰难。我承袭母亲思想，在我成婚以后，屡屡以自己在乡下有住房而引以为荣。说出这一点，怎地可笑，因为最近十年，每一个农村都大兴土木，翻修的新房比比皆是。我家的房子是近二十年前盖的，夹杂在邻居家亮堂阔大的新房中，已经显得落伍了。我甚至向母亲夸口，等自己有了钱，一定要把房子再翻修一下。然而这一句话说了十年，不仅没有兑现，而且结婚后出现了在城里购房的现实难题，看起来，就要成为一个空口许诺了。母亲却从来不以为意。你现在能管得了自己就是块铁！她总是以这样的语调说话。多年以来，她都量入为出，节俭到了极点。在我求学的那几年中，由于父亲的身体状况不太好，家计紧张异常，甚至到了连给我寄一封信都需要向人求借的份上。母亲硬是靠自己的节俭盖了几间新房，并且说，要是你在家住就好了，哪用再花钱买新房子！我听了只能苦笑不已。最近几年里，省城的房价疯长，学着母亲的样子，我们量入为出，正常预计：在十年之后可以一身轻松地住上新房子。这样一合计，租房的历史就需延长一倍，似乎过于久长了。有一些日子，因为购房的事，我对于自己的将来忧心忡忡。在我的几位朋友相继沦为房奴之后，我暗自揣测他们的生活，充满了对自己的不屑和鄙夷。因为截至目前，我连当房奴的资格都没有。有一天，我回到祖宅，看到堂侄们在玩我们小时候玩过的游戏：找一些旧木头，盖一所新房子。他们干得专注入神，根本没有留意到我站在他们的身后。因为很少回家，我对他们并不熟悉。然而他们的神情和我的堂哥们酷肖，那"宽大的积木"也和我们幼时玩过的游戏如出同源。低矮，笨重。像一个蹩脚的木匠做的木活。我抬起脚，不小心踢了一下他们的房子，这下子，他们都抬头看我。其中最幼小的一个，应该是我三哥的孩子吧，鼻子下挂着一道鼻涕，问我：你，你是谁？大些的拉了一下他的手说，这是叔叔。军军，我们都叫叔叔。你也应该叫他叔叔！

高洼村纪事

薛林荣
现居甘肃天水,供职于政府机关。

喜鹊窝有多大

我和王一元激烈争论的话题常常具有一定的难度。

比如说,刚才跑进草丛里的野兔是不是前天下午偷吃了我家胡萝卜的那只? 如果我坚持认为一定是,那么王一元就一口咬定一定不是,好像那只野兔是他家的亲戚,他有义务为其清白辩护一样。为了搞清楚这个"白马非马"的哲学课题,我们激动得大打出手,其结果是我和王一元先后被对方压倒在地上,浑身上下都是土。

再比如说,一颗手榴弹能不能消灭高洼村这个有近百户人家的村庄? 我们刚刚看了《地道战》《地雷战》等影片,发现只要八路军投出手榴弹,整个银幕就会密布着炸弹腾起的硝烟,而机枪扫出的一梭子弹虽然能打得日本鬼子翻跟头,场面却没有手榴弹翻江倒海般那么壮观。我对一颗手榴弹可以炸掉一个村庄表示了警惕的乐观,王一元马上大声宣布那是不可能的。他认为用一颗手榴弹翻地种庄稼还差不多,用以炸村子则最多能炸掉几片瓦。我暗暗发笑，就使出杀手锏说，我炸的是鬼子的村子！这一招不啻是脑筋急转弯，相当于"树上骑只猴，树下一只猴，一共几只猴"那种，王一元显然没有心理准备，他怔在那儿，脑子在原地打转，后来终于为了避免汉奸的嫌疑而倒戈了。王一元信心爆棚地表示，炸小日本鬼子的村子，那半颗手榴弹就足够了！

当我和王一元艰难地进行着"站在山顶上能不能把石头打到飞机的尾巴上"这一既属于投石机工程力学领域，又属于导弹高尖技术领域重大课题的辩论时，我们意外发现头顶的大槐树上有一对巨大的喜鹊窝！

我和王一元暂时搁置下关于石头打飞机的分歧，仰望着那对宛如孪生兄弟般的鸟巢，内心突然涌起了一丝莫名的忧伤。

鸟巢悄悄地筑在那儿，而且一筑就是两个，一高一低，像复式别墅。这么大的事，我们怎么一点都不知道？我瞪了王一元一眼，说你每天只知道和我死抬杠，我们连周总理夸清洁工的那篇叫《温暖》的课文还没背会，人家喜鹊就把窝都搭好了，你看看，悄悄地，这么快！

王一元十分沮丧，仿佛喜鹊把窝搭在了头顶就跟日本鬼子把碉堡筑在了村头似的。王一元喃喃地说，前一段日子他还爬到槐树捉过他家那只怀了猫娃的老白猫哩，没见到有喜鹊窝啊。

我和王一元感到很失败，由失败而忧伤，由忧伤而无助。我们自以为是村子的少东家，除了父亲们，掌家的就是我们。村子中每一个细小事物的变化都是在我们的密切注视下有条不紊地进行着的——种子发芽了，麦子抽穗了，母鸡下蛋了，小鸡出壳了，长虫钻进树洞了，草场起火了，大水冲断道路了，一只猫怀春了，墙角的蚯蚓慢慢溜走了……就说这鸟巢吧，麻雀的巢集中在屋后崖腰的小洞和裂缝中，黄鹂的巢网织在树林的枝杈间，乌鸦的巢在山洞中，而喜鹊的巢，则均匀地分布在村头的大柳村和香椿树上，闭着眼睛算了一下，应该有十二个，不对，应该是十一个，其中有一个被谁捣下来烧了火。这些喜鹊窝大多是我们亲眼看着一个一个搭成的。我们对此很有成就感，喜鹊在劳动而我们在远远地看热闹，感觉自己就是地主。而我们头顶上的喜鹊窝，居然神不知鬼不觉地筑起来了，而且一筑就是俩！这就好比在等一场球赛，等到最后却只是看到了比分一样。

按照我和王一元的想法,这对鸟巢应当是我们亲眼看着,并且亲口数着,一根树枝一根树枝地筑起来才对。喜鹊没有通过适当的方式,比如说边筑巢边喳喳叫,并且把白色的粪便拉到王一元的光头上,以此通知我们它们来了,但是它们没有这样做,显然是看不起我们。我又瞪了王一元一眼,他的光头闪闪发亮,看不出有鸟粪滴过的痕迹。

由于追究不出过迟发现喜鹊窝的直接责任,我和王一元就言归于好,并且欢喜着屋子前面有了喜鹊窝,可以派猫到树上偷它们的蛋——喜鹊一次要产 5 颗以上的蛋哩。即便不偷蛋,每天看看喜鹊窝也是好的。

这是一对浑圆如仪的喜鹊窝,是我和王一元见过的最漂亮的鸟巢。修筑它们的,一定是一对或者是两对漂亮的花喜鹊。我们在树下张望了一阵子,果然飞来了两只花喜鹊。

我问王一元:你喜欢哪只花喜鹊? 王一元抬头看了看喜鹊窝,两只喜鹊正在修鸟巢的门,一只嘴里衔着树枝,东啄啄西啄啄,另一只没有衔树枝,好像含着一口唾沫在旁边打下手。它们的毛色都非常美,看上去光洁鲜亮。王一元说,他喜欢没干活的那只花喜鹊。我说,那是只母喜鹊,让它做你的媳妇吧。王一元真无耻,他不仅没有反对,而且面有得意之色。我心里酸酸的,应该是吃醋了,便直骂自己多嘴。

在我的印象中,我和王一元争论的最后一个问题是:一只喜鹊窝掉下来有没有碾米盘那么大。

槐树下恰好有一个碾米盘,直径是两米左右,我们是不管这个概念的。我和王一元抬头望着其中较大的那个鸟巢,希望它掉下来验证我们的判断。我认为它足有碾盘那么大,王一元当然极力反对。我已经没有力气和他吵架或打架了,我们就机械地重复着自己的观点。我们那样仰望鸟巢的时候,就像今天的宇航员在太空俯视地球。宇航员看到的地球大小也许和这个鸟巢差不多。我们仰望着脖子都酸倒了,喜鹊窝还是没有掉下来。

我就对王一元说,我们先吃饭去吧,这个窝明天可能就掉下来了。

可是那对喜鹊窝一直没有掉下来。

木匠同学的手艺

我坐在地埂上等王一元，时间也许是秋季，丰收后的麦田一片荒凉；也许还是春季呢，那么我可以盯着杏树上的花苞想象杏子的那一滴黄色，舌下开始生津。我身后新修的梯田上写着一个大大的"王"字，这是先一天放学回来时写下的，假如我等得不耐烦了，就会捡起树枝在"王"字上添一点，使之变为"玉"，然后独自去上学，随后赶来的王一元会十万火急地来追我。

我家住在村子中间，王一元家住在村子最上面，相距三四里山路，从村子中间给村子最上边喊话，声音要传播好半天。我们上五年级，在另外一个村。我背着一个用不同花色的布块缝就的花书包，看起来像九袋丐帮弟子的百衲衣，里边装着课本、钢笔、大饼和大葱，以及一本描写万恶的旧社会的画册。王一元用的则是正宗的军用挎包，他堂哥是军人。那书包威武、权威、大方，仿佛代表着毛主席，当然里边装的也是课本和大饼，以及几瓣大蒜。王一元的书包让我很自卑，我只好把红领巾打得更整齐些，那样感觉更像接班人。王一元常常把从他哥哥那儿学来的成语一股脑儿用在我身上，我能记得的比如说，你麻木不仁，你狼狈为奸，你杀身成仁，你肝肠寸断等等，我不明白他在说什么，但我知道他一定是在绕着弯子骂我，我会把他的书包抢来摔得远远的。

有一天，王一元终于不骂我了，因为那天我穿了一双新鞋，走在路上会留下鱼虫一样的脚印。王一元恭敬地把我让在前面，眼光一直盯着我的脚后跟，显得很失落。穿了新鞋本来就不自在，他那么一看，我越发难受，便开始捡起土块打他。我和王一元在路上边走边打，口里"嗨哈"有声。走到一处红土坡时，我们会乘着浮土一直溜到山脚下，那里的麦田在秋冬时节常常会被红土掩埋一大半，一个不认识的老人常年四季割了杂草在田边烧草木灰，我们认为他太懒，家里有粪不去担，却要现场制造农家肥，所以对他视而不见。

我很早就发现王一元有许多过人之处，除了他的军用挎包比我的正宗，其他方面也超过我——书背得比我好，乒乓球打得比我好，除此之外，打架、撒谎、掏鸟蛋、偷苹果、烧毛豆等少年儿童必备技艺都比我娴熟。

当他辍学的时候，我才发现他还是一名木匠！

我想起来了，王一元喜欢拿根树枝，眯了一只眼，从一端看往另一端，那是在判断树干曲直；他经常拿一条线绷在桌子上，"啪"地弹一下，那是在用"墨斗"造线；他会赤手空拳修桌椅；能说出家具构件的名称。他们祖上四代人都是木匠，祖传的手艺的光泽遍布四邻八乡。他辍学的第二天，就开始背着锯、木刨、铲、斧、规尺、平斤和墨斗，跟着父亲游走村舍田家，从此潜入到最深的民间，在那里呼吸木头香味浓厚的空气，再也没有远离木香味一步。

十五年之后，当我修完大学专科的课程时，突然在村头碰上了王一元。他看起来非常结实，面庞红润，膝下已有二子。我们寒暄，然后作别。我是矜持的，觉得他搞劳动，我则咬文嚼字，前者劳力，后者劳心，和他没有多少话说。我们曾经在一起撒尿和泥呢，但现在相识而不相知——这是多么浅薄的想法，是儒家"百工之人，君子不齿"腐朽观点的民间翻版。因为我马上发现，当我在修习一门人人可以得而从之的普通学业并为此沾沾自喜时，我的小学同学王一元，他毕十五年之功，却在修习木匠这门日渐式微的非物质文化！

这一发现是极其偶然的。那一年我有了自己的新书房，窗明几净，书籍累累，但是没有和核桃木书桌、黑胡桃书架配套的椅子。父亲闻讯后，多方搜寻到一方老梨木，请我的木匠同学做一对椅子。我给王一元提供了一副明朝四出头官帽椅的照片，请他依样仿制。王一元把梨木在屋外晾晒了足足半年，然后才开始仿制。当我见到已做好的椅子时，真是大吃一惊。我玩赏古旧家具已有几个春秋，眼中阅桌椅无数，对家具的风味还是略知一二。这对椅子，打眼一看，简远，天然，神逸，幽雅，是典型的明代"细木家伙"，深具文人性情。细细检点，椅子通体上下，弯曲处全是手工削磨而成，而挺直处光洁如玉，抚之温润可人。它的榫卯结构没有用一根钉子，全用的是古代手艺人因世相袭的榫卯法，还使用了木钉和鱼鳔——真是"天孙机杼，大巧备矣"，王一元简直是用木头做着纺织技术了。

范宏亚作品

这是王一元十五年潜心木工的作品,他驾驭着自己的锯子、木刨和墨斗,运斤成风,慢雕细琢,潜心其间,守着手艺的灯盏。当我把这件木匠同学的作品从老家运往天水时,一路之上吸引了无数人的眼光,许多人问:这是谁做的? 做得真好! 我就得意地告诉他们:这是我的木匠同学做的!

　　我曾经惋惜他的辍学,现在,我真庆幸他辍了学。他们四代相传的技艺,他们的手艺闪耀的光华,收藏在我的书房,润泽如莹。

春日祭

——给我乡村的亲人

习习

现居甘肃兰州,系《兰州文苑》副主编。

杏花终于没来得及坐果,大舅母就走了。好在梨花开得正好。风柔起来了,地也暄软了。大舅母走时知道这些吗?

不过,大舅母到底知道了女儿花花三年前就殁了。大舅母躺在炕上,眼巴巴望着门帘儿,风一掀一掀,总不见花花进来。花花真的忙到几年都不来看一次妈吗?表哥终于不忍心了,告诉了大舅母实情。大舅母还是眼巴巴望着门帘儿。院里,杏花败了,几树梨花开得正繁。

这样想来,那梨花似乎又开得太白太凉了。

我写过我这个花花表姐:

我去过她的菜棚,她从乱糟糟的纱团里,抽出一缕缕线来扎塑料棚。天儿热时,她满脸是汗,脸黝黑黝黑的,不像女人脸上的黑。有一年她说我长大了,能吃饭了,说我小时候是把面条一根一根往嘴里数的。这些我不记得了。她说这话时,屋子光线很暗,大约天是阴的,她坐在桌旁的木椅上,脸色黧黑,颧骨显出两点亮来,桌上的闹钟嘀嗒嘀嗒的。

大舅母心脏不好,大舅眼睛麻了。花花死了很久,没人敢告诉他们。我那天忽地想起我这个表姐,想啊,想啊,到了夜深都想不起她的名字。我想一定是老天在和我开玩笑呢,我在梦里继续想。第二天一早,还是想不起她的名字。但我突然想起一个情景:花花盘腿坐在我家的大炕上,怀里抱着我襁褓里的弟弟,一边晃着胳膊一边唱:"娃——娃——/睡觉觉/醒来了/吃馍馍/馍馍呢/猫儿吃掉了/猫儿呢/上树了/树呢/猪毁掉了/猪呢/拔了毛了/毛呢/拧了绳了/绳呢/拉了牛了/牛呢/戳了皮了/皮呢/绷了鼓了/鼓呢/高高山上/乒乒乓乓嘣嘎嘣嘎打起来。"

我学着她的腔调唱了一遍,接着,想起了她的名字。

想起花花表姐,我就想起这个摇篮的歌谣。舒缓的、简单的谣曲,回环往复,漫着亲人的气息。

两个舅一共生了十个儿子,两个女儿。女儿都是柔软的花草,一个叫花花,一个叫冬梅。十个表哥是虎,名字从大虎叫到十虎。

眼巴巴望着门帘儿的大舅母在想什么呢? 她的花花正在另一个世上的路口迎候她吗?或者,她那一刻身处的世界已经苍茫得叫她看不清了?我不知道,一个即要离世的人,安安静静躺着,会想些什么呢?

表哥们把大舅母埋在了姥姥坟旁。坟茔被一片苞谷苗围着,青嫩的苗,刚刚破土。

大舅家的土围墙破了,像老人的牙。屋顶的草压矮了堂屋。我还是喜欢那两扇木窗,嵌着一个个方格,虽然旧了、小方格歪了。过年时,换张暄白的窗户纸,大舅母做的两个小小的红纸灯笼并排挂在两个镂空的格子里,风吹得它们扭身子,一会儿往这边扭、一会儿往那边扭。热炕上坐着大舅母和姥姥,姥姥的小脚在小褥子里藏着,大舅母靠在窗棂边做针线。大舅母一只眼有些斜,做针线时头微微歪着。"给我拿张袼褙儿去。"大舅母看着地上抓杏核的我们说,我看着大舅母的眼睛,不能确定她在喊谁。"尕蛋,乖尕蛋去拿"。我一听大舅母说我乖,就做着更乖的样子,从院里的土墙上摘下一片来,双手递给大舅母,大舅母笑笑地,我还是不能确定她是不是在看着我笑。

大舅在红木的太师椅上坐着喝茶,舅一天说不了几句话。太师椅高而硬,我不喜欢,爬了上去,坐了,脚得悬着,很累。太师椅当然是合适舅的,舅坐了,端正又有威严,肘落在宽大的红木方桌上也正稳妥。桌那边的太师椅上要么空着,要么是坐不热屁股的表哥们。舅穿着舅母做的黑布的对襟袄子、黑布的棉裤、黑布的鸡窝灶棉鞋。一个冬天,舅几乎一直坐在那里。炉子上,茶壶里的水就那么叽啊叽啊撒娇似的唱着。舅和暗红的雕花桌椅很是般配,虽然那样精美的雕花桌椅似乎和堂皇的高屋大檐更加吻合。那时,舅留一撮黑黑的山羊胡子。

大舅的主心骨是炕上的两个女人,两个碎碎叨叨有一搭没一搭说着话的安稳的女人。

两个女人像两棵枝叶繁茂的树。因为她们,这个院落才人来人往,话声不断。窗台上晾着杏皮儿,炉膛里一直蹿着蓝茵茵的火苗子,院墙上挂着袼褙儿,灶房里散出热腾腾的饭菜香。女人是家里的生气,暖心窝子的生气。

现在,姥姥和大舅母待在墙上两个凉凉的相框里。阳光灿烂的葵花地里,姥姥笑堆一脸皱纹。大舅母的像是请乡里的画师画的,白纸上乌黑的碳线,黑到看不清大舅母的眼睛。舅说大舅母离世前只剩了骨架,瘦硬的黑线正好可以忽视时间耗掉的血肉。但我,还是很想看清大舅母的眼神。

大舅母在地下一年了,两个女人离世的时间加起来21年。

大舅在炕上端端坐着,雪白的山羊胡子稀稀落落。两张老太师椅留给墙上的两个女人。院里梨花开得白,太阳亮得耀眼。梨树下搭了灶炉、饭桌,来给大舅母过周年的亲人和乡邻络绎不绝。

瘦高的杨树,皮肤白净得有些炫目。高处的枝杈是鸟儿们爱搭窝的地方。有时会飞来漆黑的乌鸦,哭丧着嗓门一叫,大舅母会立时冲出屋子,伸长双手,远远地哄它:去! 去! 去! 还朝它飞走的方向啐三口:呸! 呸! 呸! 舅母一啐,鸡们你追我赶地跑来了,舅母就笑。这会儿,是喜鹊,白净的枝杈映着蓝缎子的天,喜鹊喜洋洋地叫着:喳喳——喳喳—— 舅母听见会怎样呢?

我乡里的亲人总是浮现在一团柔柔的粉色中,那团粉是杏花。

一年里,好看的是初春,又冷又生硬的土山里,一下子绽出一团又一团粉色来,瞭望开,满山满沟洼的杏子树。娇嫩的粉红色安慰着枯瘦的老土。杏花也把舅的土院开得妩媚。那粉红叫人牵肠挂肚很长时间——开花、落花、坐果、成长,终于满树金黄。杏花开败,梨花苹果花野花纷纷开了。大舅母摘了野杏子来,小小的青蛋蛋,核里包的还是清凉的汁液,用那汁液治癣。青蛋蛋的杏让人口水长流呢。和小舅家的孩子们算准了杏子成熟的日子,提了大包小包上山。表哥们早摘好了院里的金黄大结杏等着,大结杏个儿大,轻轻一捏,果肉分成两半,取出净净的核,果肉里沁出一层细细的汗,舔一下,甜得像在梦里。还不满足,再摘山里的野杏子。摘着摘着就会忘了时间,大舅母早叮嘱过了,要赶在那团云彩飘过来时下山,不然天就黑了。云在山根里困觉呢,背了、提了沉沉的杏子,望一眼,云才慢腾腾起身。

满足啊,小时候只为着吃,大悲又大喜。

青黄不接,嘴里没了任何滋味。等麦子刚刚灌浆,大舅母和姥姥把煮过的穗子包在纱布里轻轻揉搓,芒没了,吹一口气,露出一粒粒绿。吃一口,真的叫人怜惜呢,一手心细碎莹润的玉,让人舍不得满口大嚼,让人觉得不只在吃粮食。

舅和他的儿子们让地里长出粮食。大舅母把粮食变成喷香的食物。粮食的香味叫人多么富足和踏实。热闹的时候,灶房里是满满当当的热馍馍。因为一边是亲房的哪个老人故去了,一边是哪个表嫂的孩子正满月。屋子的白门帘上挂张红布条,里面是呱呱闹着的婴儿。女人们提着小篮子出出进进,里面是大大的船形花馍馍,或者是顶上放颗红枣的雪白的盘(祭献在逝者坟头的馍馍)。大舅母终日在热气腾腾的厨房里,只见得个模糊的影子。实在倦了,就靠着灶门口的柴火上眯会儿眼。

大舅母只净着一张脸盘子忙里忙外。喝的、用的是夏天攒到窖里的雨水。碗里的水总是雾突突的。用猪胰脏做的胰子,滑得捏不到手里。一早,一疙瘩黑胰子在十几个手里传过去,一盆子水最后起了油沫。舅母拿篦子沾了盆子里的水篦头发,一下、两下……落下去些麦秸、草棍儿,再把粘到篦子上的头发结个小团,塞到土墙缝里。

范宏亚作品

姥姥的坟和舅母的坟离得不远,周围还有姥爷的坟,三舅奶奶、三舅爷爷、大姨娘、大姨父的坟。

三舅奶奶死得很早,死之前,我不晓得舅家对面院里那个佝偻的老汉是我远房的三舅爷。三舅爷老在屋檐下晒太阳,我不知道三舅奶奶就在屋里的炕上躺着,一躺几年。

大舅讲,郭家是庄上最早的人家。最早,大舅家的庄稼地里有一棵几人合抱的大桑树,大舅亲见过的。——原来山上的郭姓人家,大都沾亲带故。

三舅奶奶死时,好像满庄子的人都来烧纸了,孩子们又似乎都叫她三奶奶。三奶奶躺在门板上,那么冷的天,晾开着肚子。女人们给三奶奶手心里放了发面,出殡那天,三奶奶手里的发面还是没有发酵。女人们暗暗嘀咕呢,发面不发,后人不发呢。三奶奶手冷啊,那么冷的天,手心里哪有一点儿温度?满庄子饭菜香,一整天的流水席,三奶奶后人多啊。死了人怎么还吃得下呢?那些几里之外挂着丧棒号啕而来的娘家人,怎么一会儿就又吃又闹了呢?原来是喜丧,三奶奶活得长,活到快90岁。老得不能再老了,活着的人和死了的人还有什么不满足呢?

三舅奶奶的大女儿,身板高大,庄子里的人都叫她大兰子。现在,时光也让她矮了许多。她坐在台阶上晒太阳,明明的阳光地里,露在裤脚外的大脚板一点儿也没有小。她身后堂屋的墙上,待着我的姥姥和大舅母。大兰子舅母仰着头看我,说:你是尕蛋吧,看我记性好的。她的头微微颤着,脸上的线纠结在一起。好记性总是好的,离真正老了的路大概总还有一截。

大姨父早年和大姨娘分开,独自住在山沟的窑里给人放羊。没有人说过他弃家的原因,他又无处可去,只在离家不远的窑里独自过日子。不知他心底藏着怎样的怨愤,他的羊都跑到他家的地里吃草,但后来他从没进过一次家门。那时,我有些怕他,又因他是我姨父,觉得他亲。和一群孩子在离他的窑不远的地方玩,我时时要望过去一眼,看他坐在地埂上的身影,不知道他是否辨得清他这个娃娃堆里的小亲戚。我的罗圈腿的大姨娘,到老都有红红的嘴唇。冬天,去离大舅家不远的大姨娘家,实在没有东西招待我们,她就把洋芋放在半掩的门缝前让风吹,这样,煮熟的洋芋便有了微微的甜味。她后来死于肺病。现在,大姨娘和大姨父的坟只几步之遥,若下辈子还是夫妻,世上的恩怨最好能在地下化解吧。

临下葬奶奶时,大舅在坟前栽下了一根丧棒,桑树的丧棒。大约是谐音的缘故,我后来看到吃桑叶的白蚕儿,总有着别的想法。那根丧棒第二年发了芽,后来长成了树,再后来,又在旁边长出一棵小桑树来。

风吹着大舅的白山羊胡子。大舅拄着白腊木的棍子,腰板端得和白腊木棍子一样直。大舅拿个大舅母坟前的盘,咬了一口。大舅母先吃,大舅再吃。大舅用牙床咬馍,半个脸跟着牙床动。这个郭家的大庄子,最老的就是大舅了。

几排坟堆前,几十来口子亲人,烧纸、跪拜、祭献故人们未见过的食物。桑树枝头,鼓胀的青芽欲吐不吐,大树和它身旁那棵幼小的树也一样。远处,人家院落里的梨花雪白雪白。有一刻,我用远处的目光望了望我们。我们像一棵大树,树根埋在土里,土里还有我们的亲人。

遥远的牧场

汪彤

现居甘肃天水,供职于公安系统。

通往牧场的路

阿渊沟牧场是河西走廊上一个不起眼的地方。它是通向天堂寺途中,天祝碳山岭煤矿附近一个藏族居民居住的牧场。

六岁之前,妈妈曾带着年幼的我和弟弟在那里生活过一年。

每次搭乘长途车,翻过一道道高大的山梁,走过一条条山涧石桥,爬到海拔2800多米的山顶,然后随着车轮下行,随着海拔的降低,驶向低洼谷底,从车窗里看海拔最高的山顶,那陡峭而堆满积雪的崖壁,裹着白云作成的薄雾,像圣洁的哈达,披在远处圣山的脖颈上,那五彩的光线辉映出的神秘色彩,给我以无限的向往。

偶然在半山腰也能看见藏民们用石头堆成的玛尼堆,高塔上端飘动着彩色的旗子,迎风招展。天葬台就在玛尼堆附近。远处,碧蓝的高空盘旋着被藏民们崇拜为神物的天鹰,它们展翅翱翔,时刻俯视着天葬台的动静。无论动物和人,只要有一线死亡的痕迹,它就会马上俯冲下来,为那些已失去灵魂的生物做彻底的净化。

那段通往天堂寺阿渊沟牧场的路如何漫长已记不得,那时在学龄前,上了车在妈妈的怀里,被摇篮一般的颠动催眠,等我一觉醒来,车已经到了阿渊沟牧场的石桥上。

记忆里,阿渊沟牧场就是一条石桥下河水流淌过的地方。河水的南北两面靠着大山,南面的大山,形成巨大的崖壁山谷,平坦一些的地方,有很多低矮的房子,那是牧民们的家。

靠公路第一家是阿信包家,阿信包家再往西去,走过两边铺满茂密草丛的小路,便来到这个牧场唯一的小学校。这是妈妈教学的地方,小学校后面是集体的牛羊圈,再往后面是一望无际的大草原。

阿信包

阿信包是我的藏族保姆,因为她家在公路边的小山包上,于是每次妈妈带着我下车回来,她家的人都能看得到。

牧场里的藏族人很朴实,很热情,尤其对这个山沟里唯一带着孩子的汉民女教师,他们给予了最大的热情和同情。

有时是阿信包的阿爸"老张哥"或者阿妈"金花",领着阿信包,一路小跑,从一座有很长一段大坡的小山包上向我们靠近。他们跳过河边的几块大石头,匆忙接住妈妈怀里的弟弟和我。还有为了在这里生存,妈妈带来的面粉、盐巴、白糖和生活用品的大包。

每回来到阿渊沟牧场,妈妈都要在阿信包家的长坡下驻足,她会从包里分一些吃的东西给他们,这是妈妈雇用阿信包做我和弟弟的保姆所支付的报酬。

羊圈

当清晨的第一缕阳光从关不紧的木板门缝里射进来的时候,我已经听到了隔壁妈妈引领孩子们朗朗的读书声。这时,屋子里红彤彤的炉火,把整个屋子熏烤得很暖和。

我起床穿衣后,拿起一个被碰掉许多瓷的白瓷缸子,出门迎着阳光,踏着带露水的小草慢慢走,光着的脚背,被露水打得湿漉漉的。这时,我来到学校背后的牛羊圈,这里有为学校的教师免费准备的牛奶或者羊奶。那牛奶和羊奶什么时候都是新鲜的,它一直储存在那些牛儿羊儿的奶头里,什么时候需要,都会被挤出满满一大缸子。有时一只羊的奶头不够挤,再换另一只挤,那些免费的奶水是这个牧场里最香甜的饮料。

羊圈的门口无论何时都坐着一位阿奶,阿奶是这个牧场的阿奶,她没有孩子,也没有家,牛羊圈门口的土房是她晚上休息的地方。白天有阳光的时候,她一直坐在羊圈的门口,她手中不停转动的金轮,是她此生唯一一直要进行下去的工作。她一直在不停地摇动她的金轮,另一只手中是一串玛瑙的念珠,她嘴巴嘟嘟囔囔地永远都是念念有词。

当圈里的牧民,用两只上下轮流交替的手,往我的缸子里挤牛奶的时候,我跑去仔细观察那个满脸皱纹,乱蓬蓬的头发在风中飘动的阿奶。我跑到她的身边,把耳朵靠近她的嘴,听她嘴里的鼓捣声,蹲在她身边数她一颗一颗往下拨动的念珠。

我好奇的、细心数念珠的数量,刚数到"三"时,她总也不停的金轮突然停下来,她用不太熟练的汉语说:"娃娃,不能数。"

后来长大了才听说,这念珠是不能数的,而我数过的那三颗念珠就代表着我人生的三次劫难。而这未知的劫难又是什么,苦痛的事情十有八九,每每我都会彻底地忘却,对于我来说,除了小时候和妈妈一起走牧场的夜路作家访,让我心惊胆战的害怕,其他无论发生什么,也只是过往云烟了。

影子

王月鹏
现居山东烟台,供职于政府机关。

　　我是在散步时留意到那个村庄的。一个守候在路边的村庄,普通得像一幅褪了色的挂图。那天突然让我停下脚步,并且忍不住弯下身来的,是一小片的新鲜泥土。因为一座老房子刚被拆掉,房基下的泥土于是裸露出来,像是一个新鲜的伤口,在暮色中闪着微润的光。接下来的日子,这样的光一次次地闪现,在我散步的时候,也在我的睡梦中。一栋又一栋的房子被拆除,村庄渐渐显出了空旷,我的心思也变得空旷起来。以前我散步是没有规律也没有固定路线的,自从留意了那个叫做望庄的村子,哪天倘若没去看一看,心里就会有一种说不出的惦念。我是以散步的名义去看望那个村庄的。

　　那天,村里好像在开一个群众大会。村里的人都聚在学校操场上,临时搭起的主席台坐着一排人。我听到扩音器发出的声音在风中颤抖,写着"望庄拆迁动员大会"的红色横幅,在风中呼啦啦地晃来荡去。

　　第二天,一群陌生人出现在村里。村头炸油条的老汉说,那是县政府的机关干部,每人都分包了几家拆迁户,正在进家入户宣传拆迁政策。

第三天,村里似乎安静下来。我走在村子的街巷中,偶尔看得见狗,却听不到狗叫的声音。那些时常蹲在墙根下晒太阳的人,也见不到了。他们躲在家里,门和窗都敞开着,有的在院落里抽烟,有的四仰八叉地躺在炕上看电视。这个村庄,像是被注入了什么似的,无边的沉默里,有某种东西一触即发。我不知道那是一种什么东西,但我知道一定有那样的一种东西存在着。甚至,那已是一件人皆尽知,唯独我尚不知晓的事情。这种预感让我倍感孤单。走在村街上,远远地看见前方有个身影在移动,于是我觉得心中的孤单有了长度,比两个人之间的距离稍长一些,比脚前的道路更短一些。过了若干时间,前方那人在某个路口转弯,突然就不见了踪影,长度一下子消失了,距离感却蓦地大了起来,无限地大,没有边际的大。我的心随之空空荡荡。方向消失了。我不知道该去往何处。

最先被填平了的,是村头的那方池塘。推土机用了整整一周的时间,昼夜不停,终于将池塘填成平地。那些远远近近的蛙鸣,不知躲藏到了哪里。还有牛,那些失去了农田的牛,它们就那样用一双含泪的眼睛看着你,一直看得你想要落泪。还有村庄后面的那片土坟,那是村里人的列祖列宗,他们被搬迁进了公墓。

后来,村里那个最倔犟的人,那个发誓要与自己的房子共命运的人,也没能坚持到最后。那天我看到一群穿制服的人进了村子。因为隔着一段距离,听不清他们在说什么,只看到一片制服的影子在不停地交错重叠,有的影子还在不时地变形,像在扯长脖子喊着什么,然后就看到推土机来回碾动,就看到房屋一点点剥落的影子。那些影子在我的心里聚拢,让我在一个原本明亮的早晨,心情变得灰暗起来。

再后来,当我弄明白那是怎么一回事的时候,望庄已被彻底拆除了。无论我是怎样的明白,对于那个村庄已经没有任何的意义。关于那些交错重叠的影子,还有那个打算与房子共命运的人,同时在报纸上有了说法。那些影子之所以存在是因为阳光的照耀,那个具体的人被称为"钉子户",报纸上说他因为计较个人利益,影响了全村百姓的公共利益,为维护大多数人的利益,有关方面对"钉子户"采取了强制措施。

亲眼目睹一个村庄的消失,我有一种说不出的伤感。我不知道除了伤感,我还能够做些什么?

山坡上的阳光

范宏亚作品

我见过望庄早期的照片,远山与屋舍还有田埂是同样的色调,给人一种青涩的感觉。

　　这个村庄已经存在若干年代了。这个村庄从存在那天起,就一直在遭受着这样或那样的事情,譬如风云雷电,譬如自然灾害,譬如战争和苦难。望庄全都挺了过来。半个多世纪以前,这里曾经遭遇过一场巨大的水灾。雨水瀑布似的从天而降,昔日安安静静的海,愤怒地向着岸边奔涌。农田被淹得没了踪影,望庄像一叶扁舟在水里飘摇。面对这场不知要蔓延到什么程度的灾难,村里的人居然没有一户愿意逃走。在他们心里,人的命运是与这个叫做望庄的村子维系在一起的。眼看着水进了院墙,快要淹没土炕的时候,水位却突然地不再增长,海也渐渐安静下来。大水很快就撤退了,村人在海边看到一只受伤的巨龟。他们请来老兽医,开始了很认真也很虔敬地诊疗,直到巨龟重新回到大海。那次水灾,人没有撤退,村庄也没有遭受什么大的损失;最后撤退了的是水。望庄继续留存下来。

　　若干年后的今天,望庄终于支撑不住了。村里人也说不清楚,究竟是一种什么样的,来自何处的力,让村庄永远倒下去的。一只看不见的手,连同他们自己的手,将村庄拆卸得支离破碎,一座座屋舍倒塌的地方,裸露出古老大地的新鲜伤口。

　　村庄是被村人亲手拆除的。政府出台了鼓励政策,凡在三十日之内自己动手拆掉房屋的,除了应得的拆迁补偿费之外,每户还可得到两千元的额外奖励,而且,拆除下来的木头、门窗和砖石等物料,仍然归户主所有。于是有的人就开始说,早拆晚拆都得拆,与其等着让别人来硬拆,还不如自己早点动手,毕竟自己熟悉这房子的脾性,不会把砖瓦木料拆坏……也许,在他们心里,还在盘算着某年某月会有某个机会,还可以利用这些废弃的房料重新盖一栋房子。他们知道,政府在别处正给他们盖着崭新的安居楼房。他们知道,有外商看好了望庄的土地,一个很大的工业项目将在这里落户。他们并不知道,有关方面已经做出承诺,确保三个月之内把望庄拆迁完毕,然后开始在原地动工建设工业项目。

　　望庄别无选择。望庄人别无选择。农民迁入楼房,新闻媒体称之为"安居工程",他们过上了一种被反复宣传和参观的生活。生活被托举到了空中,我看到农人的根,裸露在楼房与土地之间。一个老农说,住在楼上,离土地远了,接不着地气,心里一直憋闷发慌,总觉得不真实也不踏实,像是活在别处一样,睡觉也不安稳。

想起那部叫做《三峡好人》的影片。作为情感的家园已经破碎,作为现实的正在重建的家园又会有什么意义?在废墟之上,在民工群中,流行歌曲一遍遍地响起。这般错位的,还有"烟、酒、糖、茶"四个意象。它们属于生活物品,代表着物质和幸福。然而它们的出现,总是伴随着尴尬、苦涩和不幸。这份需求的不对称,究竟折射了一些怎样的意味?很多生活的真相,其实是既难以躲避又经不住追问的。夔门,作为家园的代名词,这个印在人民币背面的影像,因为苦难因为背井离乡而虚幻,同时因为血汗的浸透而真实。在虚幻与真实之间,他们仍然是有梦想的。就像民工明知下黑矿九死一生,但他们依然还是去了。我觉得这不仅仅是无奈,更透露了他们对生活并不绝望。对"好人"的强调,恰恰使"好人"这个问题成为一个问题。是什么使"好人"得以彰显成为可能?所谓"好梦"又是建立在怎样的基础之上?这是一个被有意或无意忽略了的问题。因为真实。别样的真实。陌生的真实。让人心痛的真实。

这样的一份真实,如今就发生在我的身边,发生在那些叫做望庄的村子里。

一只耳朵丢了

张怀帆
现居延安,供职于石油系统。

那时是月夜,整个村庄都在安睡,我躺在土炕上,微闭着眼睛。我在听着一种鸟叫:黄杠! 黄杠! 叫声遥远却清晰,柔弱却坚定,像平静的呼吸,又像单调的钟摆。它仿佛就在我家对面的山上,又似在遥远遥远的地方。那只鸟,为什么在月夜里独自啼叫? 它是在为那片山冈、树林还是月亮? 会不会也为了我? 它想给我说什么? 不然为什么把我叫醒? 月亮亮光光地映进窗纸,我突然觉得它会不会是一个人的魂魄? 但是那声音平静极了,丝毫听不出它的心思。那叫声柔弱,就让我起了相思,就让我慢慢地生起了忧伤。我还是想,它在唤起我心里沉睡的某个部位,或者曾经种植下的某个深深的遗忘。那么,是不是我的前生跟万籁俱寂的月夜有关系? 跟一个山冈、树有关系? 这其中有过怎样凄婉的故事? 为什么我已经忘得一干二净? 那么,让我随着叫声上路,越过窑洞、烟囱、畔上的枣树、门前的小路,越过小溪、田地和庙宇,沿着鸟的叫声,沿着月亮的足迹,去找寻丢失的记忆……而事实上,那个时候,我在鸟的叫声中沉沉地睡去。

还是夜晚,风一遍一遍地敲击窗棂,甚至故意把院子里的某个农具撞倒以发出声音。我的父母，因为白天的劳动已经疲惫得只有鼾声，所以它只把我叫醒。而我也想，它来就是为了叫我的。它在院子里，发出了粗重的喘息，又像一个男人焦急的步子。它有什么急事？叫我去干什么？可我为什么又躺在炕上，不为所动？这股风，它来自哪里？放着大路不走，偏偏要拐进我们这小村，又偏偏要叫醒我。它到底想要我做什么？电线呜呜地响，星星也许都被吹落。它那么焦急，可我没觉得有什么事急着要做。我没敢出去，不担心它是强盗，而是怕被它掳去，到我不熟悉的地方。我能听见，它从我家院子离开，再没绕弯，直接到高处去了，到了很高很高的地方，再没了声音。我一直惶惑，这个家伙，它半夜闯来，到底要对我说什么？肯定非常非常重要，可我就是不能明白。第二天，我发现门前的一棵大树被它掳倒了，它携带走了树身上的什么？那棵树能替代我么？

有时在夜晚，村子里的狗疯了一样地朝一个方向群追而去，集体发出愤怒的咆哮，有的还像被石块击中一样发出疼痛的尖叫。不，深夜里，这样的小村不会来外人，狼更有几十年不见了踪影。每当这个时候，父亲就抓住我说：快睡、快睡！我闭上眼，听着那叫声，同仇敌忾，势不两立。它们肯定在咬一个确定的对象，而那个对象也必定是强大的，不然不会对峙那么长时间。那么，到底是什么？我常常会想到是一群鬼魂或幽灵，它们曾是这里的先人，但却再也回不到他们的住处。而这些狗，更像村庄的捍卫者，它们警醒、灵动、团结，誓死保卫着这个小村。它们相信，活着的人更重要，而游魂，最好不要打扰小村的宁静，还是远离曾经的故园，去开拓属于自己的家园。第二天白天，村庄的狗各自安静地卧在院子里，不像昨晚发生过追捕和战争，而且并没有哪一只狗身上有任何轻微的伤。我感到一种深深的敬畏和说不出的震撼。这样的追捕还发生过多次，每一次，我都无法平静。后来当我在外上学，在一个傍晚回到家的时候，村里所有的狗都追了过来，冲着我狂吠，我突然感到悲哀，我是不是也成了一个失去故园、漂泊的人？

村庄的后半夜，窑洞凉下来，只有鼾声；村子的土墙，土墙上搁置的农具都睡了，村子周围的树也静止着一动不动，也许只有离村子不远的水井，还在汩汩地泛出清泉，发出清澈的响声，但村子听不见，村子里的狗都睡了。一只公鸡却醒了，它引颈发出长长的啼鸣,随之,此起彼伏,整个村子都是公鸡的啼唱。这遍啼唱对鼾声不发生干扰,最多引来几个翻身和几句梦呓。之后,又出现了长时的安静。第二遍,一只公鸡又叫了,村子里的公鸡又都此起彼伏地叫了。这时,北斗星正在村子的上空,银勺子一样亮晶晶闪耀,树木已稀疏地露出了剪影。但还没有叫醒村庄,牛打了一声鼻息,又睡去了,狗把一只耳朵贴在地面,继续它的梦。撕开的缝儿又合上了,还是囫囵的黑夜。第三遍,公鸡们又叫了,这一次,启明星已出现在东边的天空,庙宇上空有一层光辉,树木出现轻微的抖动,有的公鸡从架上飞下来走在院子里拍打着翅膀伸长脖子啼叫,再不容缓的意思。而第一个尿盆倒出了围墙,听见一瓢水落地和盆子放在墙根的声音。黑暗破壳了,生出剥去鸡蛋皮儿一样清新的早晨。那只公鸡,它为什么在半夜里啼叫?天还黑得厉害呢!那群公鸡,它们为什么都赶快响应?它们啼叫的时候到底是醒着是睡着?它们像为一个村庄唱诗,又像在招魂。它们要从黑夜里叫回什么?如果没有这群公鸡,村庄将静寂得多么可怕啊,村庄将黑暗得多么可怖啊!因了它们的啼叫,村庄升起了烟火气息,村庄有了吉祥,村庄也有了魂魄。后来,当我住在城里,半夜里,我只听过警笛尖锐的鸣叫,我的魂魄丢失在乡下,会不会被一只公鸡唤回到我出生的村庄?

有一天晚上,我和我的哥哥牵着牛,准备把它们拴进一间废弃的窑洞,因为风起云涌,山雨欲来,牛待在窑洞里会比待在漏水的棚下更舒适安全。就在我们走到坡底的时候,我俩同时听到了不远处一个妇人啼哭的声音,哥哥一下就听出了,是大婶。只哭了三声,再也没有了。哥哥拽起我的手就往家里飞奔,而没有拴住的两头牛也跟着我们跑了回来。我俩都处在极度的惊恐之中,并充满了不祥的预感,任凭父母怎么安慰都不能平静。果然,过了不多日,我的大伯在挖窑时被塌下的土掩埋致死。对这件事,我百思不得其解,后来当我和科学一起讥笑迷信时,我的心情都无法释然。我宁愿相信,永远有科学解释不清的事情,比如灵魂。而心存敬畏,未必是无知和胆怯,因为人在大自然之中,实在是个孩子。

还有很多声音被我听见,夜晚,在村子的小路上走的时候,一只猫头鹰在不远的地方阴阴地叫,像个阴阳怪气的老人;月光下,村庄外的半坡上,一只狐狸的叫声像妇

山坡上的阳光

范宏亚作品

人的啼哭；门前坐着的时候，一只老鸹冷不丁地丢下一声飞远，像黑色的预言；黄昏，一只狐狸偷袭进村时，像谁拉了警报，满村的鸡叫；早晨，一只喜鹊在枣树上喳喳地欢叫，这是村子里最受欢迎的声音。我还看见，一头驴子在田野里，突然引颈长鸣，像吐出胸间长久积聚的郁闷；一群羊，在山坡，咩咩地你呼我应，青草们仿佛因此翠翠地向外生长；一头牛，火焰一样行走在山里，发出一声长哞，庄严且深沉；从后山上来的风声、从云堆里爆出的雷声、从半天里斜过来的雨声；春天来临时，河流冰裂的声音，很远很远的地方塌方的声音；从头顶上擦过的像外星人一样的飞机的声音，一颗星星滑过天空陨落的声音。这些声音，都带着某种不为我知或不为人知的信息，可它们却一无例外地被我听见。这说明，它们曾试图让我明白什么，或者通过我已经完成了它们的表达。而我因此在我并不知道中改变了吗？

多年以后，当我生活到城里，我的一只耳朵因为中耳炎失聪，对城市的声音，我也更像是聋子。我偶尔能听到自己内心的声音，并和多年前的鸟叫、风声或者狗吠联系起来，因此写一些分行的文字。我还被留下一只耳朵，是不是为了听那个已经遥远的乡村的叫声？

一头母驴的命运

朱子青

现居乌鲁木齐,供职于某企业。

我知道,家里的那头母驴不愿意离开我们。

我一直能梦见它和菊子家的牛并排在梨树湾吃草,那么安静恬然。有时候它跟在父亲的身后,不时地在山路上回头望我,望我们家的那几眼窑洞,风里我能看见它眼角的泪,以及眼里头无尽的哀伤。

我不明白,它为什么变得那么顺从、沉默、哀伤,安静地跟在爹的身后出了山走向未知的前方呢? 如果它使出原先的那股拼命不服输的劲头儿来,我想是没有人能奈何得了它的,它为什么没有做一点儿的反抗就默默地跟着爹走了呢? 临出门前,我抱着它的头哭了,我求爹将它留下,不要卖掉,母亲也暗暗地抹眼泪,不时地还给添草加料,但爹没有说一句话,驴用嘴唇拱了拱我的肩膀,还是乖乖地跟着爹走了。

爹回家了,它却没有回来,我不知道它走向了谁家,走到了哪里? 山路上还有它挂车驮麦时的蹄印儿呢,水沟泉边还有它拉的粪蛋儿呢,我们家的每一块地里都有它流的汗水,草窑里还留有它周身的气味,怎么能说走就走了呢?

我想如果黑娃家的公驴在，我家的母驴就不会感到寂寞，就不会显得孤单了。虽然黑娃家的公驴像个花花公子，干起活来偷奸耍滑，空长了个俊模俊样的身坯子，即使这样我也情愿让母驴同它合对耕种。我家的母驴身材矮小，但模样儿倒不差，再说最重要的是能下得了苦，耕地拉梨老争着往前跑，拉板子老是朝它斜着，山路上挂车驮麦，临上陡坡前耳朵一竖，不等爹扬鞭它就憋足了劲拼了命地就会向前拉。

　　有一回挂车，爹在辕里，我在车子后面推，到凉风嘴头的大陡坡时，因为装得太多，车子僵在半坡中了，驴有些吃不消，爹将车辕压得低低的，勾着头伸着脖子使劲拉，我在后面也使了吃奶的劲推，我想我们就差一个指头的力量了，就一个指头，但山路上没有一个人，没有一个人伸出手来帮我们。当时，如果驴的拉绳断了，或父亲的拉绳断了，车子就会倒退着推了我一起飞下野狐沟的。我们都拼命地拉，不敢有丝毫的懈怠。我感到自己的腿骨头快要折弯了，我的头都快塞进麦捆子了，我恨不得将自己的脚做了石头垫在车轮下面。爹喊不出一句话来，一只膝盖已跪在坡上了，这时驴的两条前腿也跪下了。僵持了一到两分钟，母驴的两条后腿拼命地一蹬，车子动了，接着它的脖子一扬，收起前腿向前猛地一冲就将车子拉上了大陡坡。爹将车子放平，长出了一口气，出了车辕将驴身上的汗用手掌抚了抚，我又惊又喜摸着驴的头和汗津津的耳朵，心里头充满了无尽的感激。

　　村子里大多数人家都养牛，都认为牛好使唤，力气大，只有我们家还留着一头驴，起先没有人愿意同我们合对耕种，但看到我家的驴虽瘦小但干起活来不要命的样子，就有几家愿意合对了。

　　村子里因为只有一头驴，所以就有人常来借驴推磨，这是牛干不了的活。每借之前，娘总是要给驴好好地吃一顿。有时也借挂车，有时借犁地，每次回来母驴就像从水里头捞出来的一样，娘就心疼地叹：这驴急性子，是不要命了！借用了驴的人在还驴的时候总能说一句好，这让我们倍感有面子。但没有一个人因为娶亲来借驴的，谁都知道它有一个毛病就是不准人骑它，为此狗子和拉林还打过赌，没想狗子还没有爬上驴背就被摔了下来，将嘴差点摔成了豁牙子。

　　我想它之所以那样默默地选择离开我们家，一定是因为孤单，并不是有什么对不

山坡上的阳光

范宏亚作品

起我们家的事。人长大了也要结婚生子的,我想牛和驴也一样,都有这个欲望,别的牲口发情时追逐的时候,母驴在太阳下院棚里有时会呆呆地拧过头看,有时它的四蹄就不安地走动。每年春天的时候,母驴就会发情,水门儿湿湿地,眼睛里充满了躁动,我看它难受的样子,真想求了爹拉了它去别的村给它配种,我是十分希望它能给家里生下一个驴娃子的,但爹每每春季驴发情的时候就视而不见,我想爹是怕驴怀上后影响农活,这让我十分失望。我只好盼着春天快快过去,发情期一过,我能从驴的眼里发现隐隐的失落。每当它呆呆地在太阳下想心思的时候,我就会走过去摸摸它的脸,有时会用一把旧梳子梳它身上的毛,它的精神就会变得活泛起来,但我仍然觉得它太孤单了。有时候,河湾里传来邻村的驴叫声,母驴就会静静地歪了脖子竖了耳朵听,一段日子,听不到河湾那边的驴叫声,我就替母驴感到心慌,我怕全世界的驴死完了,只剩下我们家的驴,好歹能听到两声驴叫对它而言也是个念想和安慰。

母驴离开我们家的前一年开春,爹不知怎样想通了,要拉了驴去配种,我想那时候家里头太穷了,爹指望驴下个驹子,即使不卖,也不至于望别人的脸色求人家合对耕种,再说看着家里有两头驴也觉得殷实。爹决定后,我就开始幻想驴驹子的到来了,到那时我们家就会有一对耕种了。至于能不能怀上驴驹子,我没有抱多大希望。我想至少让母驴去见见它的同类也好。说实话,爹拉了驴临出门的时候还有些犹豫,他是怕配种不成反而糟蹋了母驴,它的个头太小了,会受不了,或者怀上也不一定能生下来,我知道爹想得很多,当时要不是驴在他身后急切地扑鼻,也许他会放弃或改变这个决定的。

配完种回来的那天下午,是不是因为走了很长的路的缘故,我发现驴的眼里头没有了发情时的兴奋和不安,反而多了些委屈,浑身脏兮兮的似乎摔倒过,步子疲惫极了。我见它这样,赶紧提了桶水让它喝,它只是用唇沾了一下,一口都没有喝,我又端了一筛子嫩苜蓿,看着它慢慢地吃了,才有些放心,爹看起来也有些疲惫,好像十分忧心。

过了些天,驴的精神好了起来,食量也大了,眼里头没有兴奋、忧郁,多了些温和与慈爱,而且比往日安静了许多,它一定知道自己要做妈妈了,这真是让我们全家都

范宏亚作品

感到高兴的事。想到它曾踢掉狗子的牙的烈性子来,想到干活时的拼命劲头来,看到它的脾性突然间变得温和安静了起来,我又高兴又担心。

那以后全家人都精心地照顾着它,不让它干重活,每天放学后我就出山去割草,我专拣驴最爱吃的草割,娘炒了半生不熟的豆子当饲料。我们怀着兴奋的心情,看着驴的肚子一天天的大了起来,做梦都想着驴驹子的样子,有时候我贴了它的肚子听,我想听驴驹子在它肚子里的动静。

那是一个难忘的秋天,爹不在,我也去上学了,只有娘一个人在家,二叔在山上割完糜子后不想挑就来向娘借驴,说是借实际上打个招呼就想牵走,娘不同意说驴快要生了,二叔骂了娘一句:"是你爹还是你娘,牲口就是干活的,金贵个啥?"骂着就解开了拴在槽头的缰绳。

驴被二叔的叫骂声吓得颤颤兢兢,我想驴是怕二叔打,它是被二叔打怕了,二叔借驴耕地时就常撒气一般地打驴,每次回来驴身上尽是鞭痕,有一回他还单独将驴套在犁沟里让队长胡贵看到后骂了一顿,要不是胡贵,我想驴肯定就会死在犁沟里的。

娘抱住驴的脖子不让二叔带走,二叔就将娘一脚踢倒径直牵了驴就走了,娘半天腰疼得爬不起来,看见驴战战兢兢地没有任何反抗就跟在二叔后面走了,娘泪水满脸只骂了一句:"天杀的——"

驴从山上回来的当天晚上就有些不对劲,一会儿站起来,一会儿又卧下,折腾了一个晚上,我想驴可能是要生了心里高兴,娘半夜起来看了几次驴,白天的事没敢给爹说,娘怕爹去找二叔闹事。天快亮的时候,驴的水门开始出血,爹在窑里头架了炉火,也烧了炕,窑里头暖烘烘的。驴槽里是满当当的嫩苜蓿,但驴疼得顾不上吃一口,缰绳拽得得响,似乎要将槽头的木橛拔将出来。我知道驴疼,但我没有办法。爹指使我叫来了二爷,二爷一进门就将烟锅里的火在鞋掌子上磕了,走到驴身边用力地捋驴的肚子,这一捋,驴就顺溜地卧下了,肚子隆得极高,像扣了一口大黑锅。驴的后腿不时地伸屈,喉咙里吭吭地响,爹将我关在门外,我只能焦急地在院子里转圈圈。

没多久,就听得"扑哧一声,像水袋破了一样,驴驹子生下来了,我急急地叫娘快给驴抬米汤,我帮娘抬了晾凉的米汤进了草窑,见母驴已经站起来了,似乎卸了什么负担一样，显得轻松了好多，小驴驹子卧着，身上湿湿的，眼睛发亮，两只耳朵俏皮地竖着，母驴不时地回头看驴驹子，眼里头有几分惊惧和诧异，没有一点儿当了妈妈的兴奋和喜悦。

爹同二爷将火移到圈里，烘烤驴驹子，没有烤多久驴驹子就站起来了。

"条子真好，腰腿长，脸面俊朗，能长成大驴。"二爷点了一锅烟边抽边说。

"这倒是咋回事，还不足月呢，不足月呢？"爹有些忧心忡忡。

其实最忧心的是娘，娘用小勺子舀了米汤一点点地给驴驹子喂，像喂一个断了奶的孩子，母驴下了驹子后迟迟没有下奶，而且十分虚弱，它不时地漠然地回头望望我们，有些无助，呆呆的样子，变得迟钝了，有时它就低下头来舔一下小驴驹子，那么温和、安详，但我能看得出，它心里头有无尽的失望、忧伤、痛恨、无奈……

太阳晒红了，我将驴驹子从窑里推出来晒晒太阳，有时它会做个撒欢的样子，让人心疼又可爱。有时我会疼爱地用脸贴贴它晒热的毛，感到即柔软又暖和。让人痛心的是小驴驹子最终还是没有活下来，没过一个月，小驴驹子就死了。

那天我放学回来时，发现它倒在了墙角，似乎睡着了一般，我想是不是什么怪风将它吹倒了，又恍惚地觉得是它跑出了院子掉下了崖摔的。我抱着它的脖子失声痛哭，娘从沟里洗衣服上来，见此情景也直掉泪，伸手将我拉开，可我死死地抱着驴驹子的脖子就是不放手。

好多次我梦见驴驹子嫩嫩的灰白色的毛，清秀的面孔，在村头的土路上撒欢，在梨树湾跟在母驴后面甩着小尾巴吃草，在坳里的田地里呆呆地望着母驴犁地，我还梦到了春天的气息，地里头苜蓿刚冒出嫩芽，涝巴畔上柳条子才发绿，沟滩里的杏花含苞欲放……当我从梦中醒来的时候，我就伤心，我想小驴驹子没有吃一口母驴的奶，还没有见到春天，没有在田野里奔跑过一次，就永远地在墙角睡着了，就永远地离开了我们。

老支书的儿子死后不久，就在鸥雀叫得最凶的那个夜晚，爹同菊子爹抬着驴驹子将它扔下了野狐沟的无底洞。

直到第二年春天，我也没有见母驴再发过情，它似乎一下子老了，也不好好地吃草,整天无精打采的,日渐消瘦了下来。我看在眼里疼在心上。我多么希望它能好起来,恢复往日的劲头儿,但我没有盼到它好起来时爹就将它卖了。

后来娘含着泪边给我在灯下补衣服边给我说了二叔打驴的事,要不是他……娘没说下去,我的泪就涌出了眼眶。从那后,我就没有喊过一声二叔,我说事的时候直呼他的名字,甚至我连他的名字都不愿提起。

我不知道母驴离开我们家到哪儿去了,我一直盼着有一天我会在一个陌生的地头,或一个陌生的人家院子里碰见它。梦里头它一直在山路上忧伤地回头望着我,望着我们这几眼窑洞,望着它生活了四五年的这个家。有时候我就能听见它在院棚里,在山路上,在凉风嘴头伸长了脖子叫我的名字,每每这时我忍不住泪水满脸。就立刻想去找寻它,我想等我长大了,如果它还活着,我愿意供养着它,一直到它生命的最后一刻。

魔幻古庄

唐朝晖
现居北京,《青年文学》执行主编。

推开启示和预言的门。

暂时清贫地远离高烧的土地,我是古庄的一种暗流。山犹如一位仙逝的老者匍匐于地,长睡不起。那些岁月,我一直梦游于天空和地狱,如一位小天使。亮开天空的家门,夕阳滑落。

子夜的风席卷我的土地。上升、降落于古庄。向日葵在陶器里怒放:火焰。进入我南方的古庄,治疗我的精神病症。

入 口

一

紧握冥冥巨缆,进入古庄,推开启示和预言的门。暂时清贫地远离高烧的土地。我不可能是一条游弋于古庄的鱼,搅碎一河星空。我只是古庄的一种暗流。

古庄的山犹如一位仙逝的老者匍匐于地,长睡不起。那里一年四季,四季一年,分分明明,变化微微。那里浇灌了我孤独而梦幻的十五年。那些岁月,我一直梦游于天空和地狱,如一位小天使。

古庄每件细微的事都深烙于心。我的每一行文字,都是热铁与肉体相触时那嗤然腾起的烟雾。往事如影,紧紧相随。让我一天天走过风雨长短亭。

二

一次次,我努力靠近我出生的那个千年古庄。它在召唤。我完全能够清晰地感觉到自己内心突然的一阵喜悦,那来自古庄;内心突然的沉闷,突然的战栗,突然的想流泪想疯狂地在城市的街道上奔跑,我知道,这一切来源于古庄。但一次次,古庄总是在远处隐约现身,它拒绝我的进入。

我还没有具备进入(不,应该是融于)古庄的能力。

2000年1月1日。我以融入或告别的形式走入古庄。这里与十五年前我离开时没什么差别,只是树木多了些,人去了一些,路还是这些路。进入这安静的世界,突然地与奔跑叫嚣的城市断裂,耳朵寂静得有一种压力,我怀疑自己是魂游故里。敲打自己的脑袋,听到了骨头与骨头的撞击声,城市与古庄在这瞬间的声音里相识了,但仅一秒钟的时间,它们又朝各自的方向逃走。它们注定难以走到一起。

整整半年,我一个人在古庄游荡。我在寻找一个灵与肉同时融于古庄的机会。这天晚上,我从老宅中搬出一把木的椅子,这把椅子很多方面保持了树木原来的姿势:人坐上去,手随意地放下去,就有一个弯弯的树根接住,背靠的弯度正好舒适,那也是树曾经的弯度,木椅有五个脚,都是曾经的树根。这把椅子曾经是棵树,实实在在地扎根在土地里,只是坐的地方被斧头砍平了些,被刨子刨光了些。

椅子是父亲从对面山上的林子里挖出来的。父亲每两个月都要到山上砍伐一棵完整的树:树尖、树身、树根。挖树的时间不长,但父亲要花上二、三个小时看树、摸树再来决定树尖可以做什么,树干、枝丫、树根是什么。家里就有了一把把五条腿的木椅子、三条腿的小板凳、六条腿的木桌子。

范宏亚作品

在老宅里转转,像走进了一座树林,甚至好像与树根一起走进了土地中。

深夜坐在老宅门外的地坪里,前面是一个池塘,其余能看见的就是山和树木了。晚上的村庄小路和农舍被夜色淡淡的涂没了,只有起伏的树木隐约地随山形起伏。时间已经是晚上九点,村庄里的人早睡了。几座大山下的一个角落里才有一户人家,才有一座低矮的农舍,好像就睡在大山的腋窝下。成为大山的孩子是有福的。

我生在群山下。仰视群山,老宅在身后隐去。随意地坐着。一阵涛声由北往南地响过,群山此起彼伏。喜悦的内心让肉身静止不动。我聆听着,灵与肉一点点滑进古庄的氛围中。

涛声来源于树林自身的旋律,是根、树干、叶子和木纹发出来的,千万棵树有千万种声音,千万种声音形成了一种旋律,一种大自然的合唱,混合着小动物的体息、不眠鸟的叫声、偶尔的狗吠声。

天籁,终于使我融于古庄,成为大自然中一个有棱无刺的元素。

三

终于有这样一个安静的夜晚,不要在城市里度过,终于可以放松下来,开始切入古庄,与魔影对话、交谈、撕扯……

晨

万物皆灵,万物有性。声音首先抵达我如水的肉体。

我踩着凌晨的脚印,走进古庄。

方圆几十、几百公里全是山。猝然跌入一座山陵,原初的光轰然而上围剿我把我吞噬。远离烟尘。

我老家的房屋与毛泽东故居格局差不多,毕竟,古庄与韶山冲也就隔了一座大山,可以骑自行车到达。那次,我与母亲在东边的一间房里,母亲一边用自己捆制的扫把扫地,一边与站在竹椅上的我说着话。

那个人,你应该叫伯伯。在我们古庄,凡是大于自己父母的男女,我们都称为伯伯。母亲说的伯伯是位女邻居。她当时有六十多岁了。

老伯伯躺在床上,枯瘦,眼睛深陷,很容易使人联想到一口漂满黄叶的古井。她每望一次屋顶,就有几声叹息的尘土掉落。土砖长长短短地垒成一字排开的三间茅屋,无法想象这些屋子曾经新过。

唯一的一只母鸡,六天无蛋。它在阴湿的房间踱步,摇晃着肥壮的身体,思索着鸡生(人有人生)的命题。小脑袋扎进古庄预言的轨迹:"喔、喔、喔",公鸡叫。声音刺透砖和耳膜,冲茅而出,萦荡于树林。万物失色。

"母鸡做公鸡叫",古庄有灾,或者说鸡主人家有灾。

古庄里的老人都知道这一点。这是预兆。伯伯急了,她不相信自己的耳朵和眼睛,她叫出大她五岁的丈夫,两个人眼睁睁地看着这只母鸡,把小脑袋伸长,做公鸡叫。

古庄有灾。

消息在几分钟之内,传遍古庄各个山脚下的房屋。人们放下手中的所有事情,聚在正逢壮年的队长家中。

太阳下山前,庄里所有人都去摘桃花,越多越好,把花抛入古庄所有的井里。小孩像赶集似的,采花,丢花,一个个满身是香。

桃花完全把古庄冲泡得沁人心脾。

一个星期后,日本兵来了,古庄死了七个姑娘。

又一个星期后,古庄后山倒塌,一个老庭院被毁一半,房屋被毁五十多间,无一人死亡。

再一个星期后,两兄弟在晚上死去。

古庄,依旧沉沉酣睡。石头和树木睁开眼睛,惊看遭难的天空和土地。

路

飞蛾吹灯,古庄隐于莽莽丛林,我们都活着。

万物翻身醒来,骷髅与血肉共旋于古庄。

一

夜张开黑礼服,裹住古庄。几盏浅弱的灯光在山脚下稀寥地摇曳,犹如无月的天空稀疏地亮出几洞星光,冷冷清清。

二

两个青年男子夜行于山路,回家。

他们是兄弟,兄长提着一盏马灯,两人一前一后,索索而行。

路出奇地平坦,没有一草一树一石一沙。行了一个小时他们还走在路上(从古庄东到古庄西也就七十分钟路程)。抬望,家里的灯,还亮在前方,那么弱不禁风,又那么坚强。

灯浮于前方。继续行走。灯浮于前方。继续……

三个小时了,路依旧平坦得没有一颗石子。兄弟俩自出生至今还未走过这么平坦的路。汗沾湿了他们厚厚的衣,兄长紧张时没忘记喊:"娘,娘。"一字字,一声声,似乎全撞在四面的岩墙上,又回击过来,双耳疼痛难忍。

家。灯。依旧浮于前方。

夜张开黑礼服,裹住古庄。几盏浅弱的灯光在山脚下稀寥地摇曳,犹如无月的天空稀疏地亮出几洞星光,冷冷清清。

兄长手中的灯正在一点点饮油自焚。除了继续赶路外,他们别无选择。(上了路的人,只要停下来,就出奇的冷,似有风有雨有雪袭来,在体内变硬变冷。

油,生命的引路者,正一点点弱下来。家、灯,依旧虚幻地浮于前方。

范宏亚作品

三

兄弟俩硬撑着,似乎在随水游浮。东方终于有了鱼肚白。他们这才发现自己一直在绕着一座新坟(这是九个月前窒息而死的奶奶的墓)打转。身后一片荆棘,墓碑上的字清晰地睁着眼睛和嘴,似乎想暗示或诉说些什么,语言在岩石上模糊地流淌。时间是冥冥世界派来的使节。

四

晨。昏。

古庄后山,垒起兄弟俩二个小土包包。

魔力

链。铐。镣。锈死在空中。囚禁空灵于古庄内核,隔阻村外烟硝。

魔力。在每棵树下,在每粒石子内。

古庄里的尊卑称呼是很清楚的,但尊卑的地位差别却是模糊的,青年人可以与老人玩笑玩耍,可以平等对话。也因为这一点,很小的时候,我分不清自己到底有多少位爷爷奶奶,稍稍大一点后,才知道在我出生前,至亲的爷爷奶奶早就过世了。

六岁时,我又有了爷爷奶奶,是妈妈认的。我经常到他们那里住。新的爷爷奶奶住在当地最古老的保持得最好的一个老宅子里。这个庭院以中间大厅为主,周围房间间间相联,达四百间之多。住的几乎都是姓周的人家,我的干爷爷理所当然也姓周。

我在周宅大院的各个房间里奔跑玩耍,任何一户人家都可以去,后来也就发现了一个秘密。

与正厅不远,靠山的地方有一堵墙,被铁丝和荆棘保护起来。

那里别过去,别动那里的任何东西,爷爷告诉我。

那堵墙的周围，没有草和树，没有任何物质的生命在那里生长。它兀立在那里，砖有些残缺破损。它直直地立在那里，三十多米长，十多米高，兀立着。

很久以前就有这堵墙了，每个人都这么说。具体多久，没有一个人说得清。这堵墙就这样莫名其妙地矗立在这里。是庭院建立以前就存在？是建庭院时砌了这堵墙？一堵莫名其妙的墙。

很久以前，也许是二百年前，他们那代人也不知墙的由来，有人在上面来回走动，只是随意看看。当晚回家，他命归黄泉，没有与家人说上一句话。

很久以前，时间也许是一百六十年前，有小孩用铁锄在这堵墙下挖蚯蚓，一锄锄挖下去，蚯蚓没见一条，他家里的鸡在地坪里突然扑腾几下，死去了。其余人家的鸡，惊飞而逃回各自的鸡笼。这户人家，以后再也养不活鸡。

很久以前，就是五十年前，有人爬上去，想拆掉墙，让院子向山再扩深一点，那人刚爬上墙，他家宅子里的一栏猪（七头不等）便突然吐血而死。

墙被保护起来，也可以说被封闭起来，用另外三堵墙，围起一堵墙，为此还拆掉了二间房子。墙被圈起来，猪、狗、鸡不得入内。每年桃花开时，把各种桃花抛向墙，大人小孩有事没事来丢一些花，宅院每日香意层层。

坟墓

躺着的和站着的人都没有走动。

终于，有了敲门声，转身开门，"没人。"

"谁说的？"那是青石板的回音，那是坟墓的声音。

在孤独的岁月里，有位老者就曾模仿过这种声音与我对话，他知道自己日之将夕，那是一块墓碑告诉他的。

村子前后山头，都是坟墓。是几位老者测出来的。坟墓。村舍。活着的、死去的与将死的经常对话。活着的跪着说些现在的生活,求死者保佑。死者躺着,尸体腐烂后,听活人唠叨,自己一言不发。

对于万古如斯的村庄,终究会有些冒失的尸体,开口说话。"这些草,这么深了。"停顿了一会儿,尸体接着又说,"每个家族应拥有一百座坟,而你们只有九十九座。"尸体的口气明显慢了下来,又说,"那么,你就是坟墓。"

老人没有害怕,老人安详地跪下对墓碑上的人说:"让我最后以村民的名义向你们跪拜,最后一次。"

我离开古庄时,老人突然清醒地坚持要送我,并补充说,"那天,夜还在林中,树叶上还有微微月光,我从田里归来,经过那间完全被人遗忘,近乎平地的位于茶园中的坟前,坟顶上凌乱地撒放着被人锄碎的草。坟,用目光勾着我,让我一步步靠近他,与他说话。"

再见了,古庄最富磁性的人。当天老人日落西山了。再见到他,是六年后的今天,我一个人去看他。我第一次感到古庄的树林和岩石,不,古庄的一切,都会说话,都会把一种无可言说的灵气传递给我,超过一切人与人的交流和语言。

感谢老人和尸体。

火

古庄铺天盖地地碾过来,我不能再沉默再委婉地逃遁。我将用最后一口呼吸,唱最后的歌。游进动荡不安的头颅。

在古庄,40岁以上的人都知道那火。她们很少提起——那火,毁灭了一个家庭。

走在古庄,路依旧窄。虫子的声音清晰可闻。

我与古庄交谈,与父母回忆着30年前的那场火。她们都扑过火,她们都看见过火

范宏亚作品

从大厅中开始燃烧。

那火,燃烧着古庄人的信念,燃烧着我的迷惑。

七名女子

他唯一的工作是给古庄的田地放水。哪丘田哪个冲哪个坡要在哪个池塘放水,都是他的工作,他统管着古庄池塘里的水。

我放了学,总会看到他用锄头在探某丘田里水的深浅,我就经常跟他从这丘田走到另外一丘田。与他在一起,跟串门一样,他对田地太熟悉了,他总会不停地说话。快点吸吧,我要关水了。不管他是对田地还是对我说,我一概模糊地回答他。

快到晚上的时候,他总会跟我讲些事情。

我记得他最后给我讲的一件事。

他给田地放水是没有白天和深夜之分的。他说,就是昨天晚上,放了近七个小时的水,田地够了,我想去把池塘的水给堵了。我扛着锄头,刚走到池塘下面,隐约听到了玉环的碰击声和歌声。我轻轻地爬上池塘的土坝。

在池塘的那一头,有七个姑娘坐在水上,抚琴唱歌。她们时而歌唱,时而打闹嬉戏。她们的话我大多听不懂,但偶有我们古庄里的俚语。她们的乐器,完全不同于我们的二胡和道场乐。我听着,像浸在泉水中一样,特别舒适。

她们有时走到池塘中央,我看清她们了,她们是那七个姑娘。

日本人曾到过我们古庄。他们一共八个人,扛着八支枪,从山那边进来,路过古庄时,只放了八枪。

他们看到了这七个姑娘,他们就追,七个姑娘逃。快追到时,七个姑娘手挽手,走进了这口池塘。八个日本兵赶到时,池塘里只有水泡在不停地冒。他们的八枪就是在这时向天开的。两个小时后,八个日本兵与他们的排在湘乡城外汇合,在进入湘乡城时,被国民党兵阻拦,最后都同归于尽了。

算算时间，姑娘们死了也快五十年了。你看，我都成这样子了，她们却还是那样水灵灵的，像根早晨的葱。

老人跟我讲这个故事时，也是晚上。第二天清晨，他就不停地对田地里的水说：五十年了，我怎么老成了这个样子。他一天到晚重复着这一句话。他疯了，古庄里的人说。但他依旧给田地放水，并无差错。古庄里的小孩子都怕他，我不怕。

我还是经常跟在他的后面，从这一丘田走到另一丘田，像串门。

终曲

这是一个老不死的人鬼与我的对话。

说完话，他疯了。

我写完后，会疯吗？

乌鸦

杨永康
编辑，现居甘肃庆阳。

我喜欢坐在故乡的山坡上，看太阳慢慢落山，看羊群慢慢回家。故乡没有很高的山，只有山坡。黄昏的时候我就坐在山坡上看对面的山影、树影与人影，还有乌鸦的影子。我不喜欢乌鸦，但喜欢乌鸦在山坡上神秘划过的影子。我曾越过一座又一座山，去找寻那些神秘的影子与划痕。一棵树挡住了我的去路，一棵树轻而易举地挡住了我的去路。我像在白天一样绕过那棵树，我失败了。那是在黑夜。许多年后我明白，在黑夜最难绕过的就是一棵树。我想白天情况会好一些，一切都昭然若揭。我曾在白天看见了漂亮的叔母，还有叔母漂亮的汗巾。那绝对不是一次意外。我看见了整个的叔母与叔母的整个的汗巾。它毫无遮拦地晾晒在一个最漂亮的地方。周围是安静的羊群，羊群周围是茂盛的水草与沼泽。一只不安分的小羊羔与它的小蹄子陷了进去。我想帮帮那只小羊羔与它的小蹄子，谁知越帮越糟。我意识到小羊羔与它的小蹄子很迷恋这种陷落。我费了好大的劲就是帮着它不断地陷落，陷落。小羊羔与他的小蹄子也在不断地帮我一个劲地下沉，下沉。我们都很快乐。小羊羔一个劲咩咩地叫。我刚要咩咩地叫，看见了乌鸦。乌鸦绕过叔母的身体，绕过叔母漂亮的汗巾，绕过整个沼泽。我扭过头,小羊羔也扭过头,我们看见茂密的水草,还有湿润的沼泽。白天一切都那么昭然若揭。我喜欢沼泽,像喜欢昭然若揭一样喜欢沼泽。沼泽的真正诱人之处在于它带来那么多神秘的快乐。实际上它本身就是一种神秘的快乐。我看过一部电影,有一群小战士深陷沼泽之中,只有眼睛露在外面,十分绝望,没有任何快乐可言。这不能怪小战士,也不能怪沼泽。我一直想:如果乌鸦飞过,整个沼泽会有很大的不同,整个山坡会有很大的不同,山影、树影、人影与黄昏都会有很大的不同。

黄昏到来之前,山坡上阳光明媚,到处都是羊群与孩子。有羊群的地方就免不了犄角相向。一只与另一只,一群与另一群,都僵持着,没有一方心甘情愿做出退让。一场雨也改变不了这种僵持。不过孩子们还是散了,雨还是住了,彩虹出来了,湿润的山坡上一片欢腾。那彩虹穿过了整个山坡。孩子们便在整个山坡上欢腾。欢腾够了,发现那两只犄角相向的羊还在犄角相向。没有谁愿意打破那种迷人的僵持,僵持便一直在那里僵持着。有一只眼睛里满是雨水,另一只眼睛里满是彩虹。眼睛里满是雨水的那只使劲地打了个激灵,水珠四溅,有一滴水珠溅在一个孩子的脸上,孩子打了个激灵。山坡上所有的孩子与羊群都打了个激灵。然后是一片欢腾。眼睛里满是彩虹的那只羊例外,一直美好地僵持在那里。它看着彩虹,一点点汲起山泉里的水,然后喷洒在整个山坡上。它曾经在那个山泉边喝过水,山泉的水清澈极了,里面的天比它头顶的天还蓝,里面的云比它头顶的云还白,里面的草比山上的草还绿。它喜欢把自己的头整个地浸在水里,一直浸在水里。一只小蝌蚪游过来了,在它的耳朵里游了一圈,又游往别处去了,感觉很美妙。更美妙的是一个顽皮的女孩子,像它一样,先是把手整个地浸进泉水里,看见了泉水里的蓝天白云绿草,就把整个身子浸进泉水里。那羊看着小蝌蚪绕着女孩畅游过来畅游过去,最后亲密地厮磨在一起,也身不由己地把自己整个头伸向了女孩。伸啊伸,总是差了一截,只好继续伸。"扑通"一声。是的,"扑通"一声,一切都乱了,一切都散了。山也散了,云也散了,女孩也散了,小蝌蚪也散了,彩虹也散了,散得好快好快。它使劲摇晃了一下自己的头,看到了山坡上乌鸦神秘的划痕。它妥协了,它感觉整个身子都软软的。特别是它的四条腿,一条比一条软,像踩在云朵上一般。对，就是踩在云朵上。踩在云朵上真舒服啊，比把头伸进泉水还舒服。它使劲在云朵上打了个滚，更舒服了。它又打了好几个滚，一次比一次舒服。它想叫上山泉边的那个女孩。它使劲叫了几声，山坡上传来女孩好听的回应。女孩的声音真好听，就是不十分真切。它喜欢真切，再没有比真切更让它喜欢的了。它又叫了几声，女孩的回应一次比一次真切，它感觉就在它的身边。它想再证实一下，没错，她就在它的身边守候着，眼睛里满是泪水。它喜欢泪水，特别是女孩子的泪水。刚才它还喜欢真切呢，它现在仍然喜欢真切，真切的泪水。虽然它睁不开眼睛，它想睁开眼睛，但能真切看到泪水。人间最珍贵的就是泪水，特别是那种萍水相逢的泪水。想一想萍水相逢干吗要满眼泪水？除了泪水，最珍贵的就是泉水，山沟里的泉水。里面有蓝天白云绿草彩虹的泉水，里面有小女孩、小蝌蚪的泉水。开始它不喜欢小蝌蚪，现在喜欢了，很喜欢。它觉得只有小蝌蚪可以与小女孩做到两小无猜。人类做不到，它也做不到。因为所有的兽都有情欲。它喜欢两小无猜，蓝天与白云两小无猜，白云与彩虹两小无猜，蓝天、白云、彩虹与山泉两小无猜，山泉与小蝌蚪、小女孩两小无猜，小女孩与小蝌蚪两小无猜。最后是它与蓝天、白云、彩虹、山泉、小蝌蚪、小女孩两小无猜。它使劲睁了一下眼睛，它真切看到了女孩。遗憾的是没有看到小蝌蚪，它再次看到了乌鸦，真切听见了远处传来孩子们惊慌的呼喊。

好一阵惊慌的呼喊，惊慌的呼喊之后是好一阵不知所措，不知所措之后是发呆，好一阵发呆。对着蓝天、白云、彩虹、山泉、女孩、两小无猜发呆，对着山坡发呆，对着山坡下的小羊羔发呆。都渴望自己像小羊羔一样幸运地滚下山坡，可惜的是每次总被什么东西挡住了。第一次是一株蒲公英，那是孩子们最喜欢的花。像小手一样缀满山坡，风一吹，满山坡都是。可以从一个发呆的孩子手中飞到另一个发呆孩子的手中，也可以从一个孩子的口袋里飞到一个孩子的口袋中，秘密传递着孩子们的愿望。一个孩子饿了，另一个孩子肯定饿了。一个孩子害怕了，另一个孩子肯定害怕了。一个孩子想回家了，另一个孩子肯定想回家了。是的，他饿了，也害怕了，他想回家了。对，回家多好。我们回家吧！胆小鬼！害怕了吧？害怕？有啥好害怕的，俺就是想回家。回家有什么

山坡上的阳光

范宏亚作品

好？家里什么都有。不怕挨爸爸的揍，俺喜欢爸爸的揍。喜欢就别往桌子底下钻。俺喜欢爬在桌子底下做作业。对，做作业。孩子们这才记起了做作业的事。喜欢做作业的举手，没有一个举手的。喜欢小羊羔的举手，一下子举起好几个。好，继续。有一个家伙被一样东西挡住了，这回是比蒲公英厉害的马蜂。胆大胆小的都愣住了，马蜂可不是好惹的，孩子们都吃过它的苦头。如果不小心冒犯了马蜂，群蜂们可以一口气追你几个山坡还不罢休，跪地求饶也不行。也许拐个弯就不见了，你刚蹲在地上想擦把汗、喘口气、撒泡尿，一扭头，马蜂们正在你的头顶凶猛地向下俯冲呢。孩子们只好继续跑，马蜂们继续在后面不依不饶地追。孩子们跑不动了，光着屁股，光着脚丫子，跪在了地上，一个劲向马蜂告饶，马蜂只是不理不睬地在孩子们的头顶凶猛地俯冲着。有人找来一把柴火，"嘭"的一声，柴火开始冒烟了，马蜂们这才一窝蜂似的散了。还有好几个不甘心的，想像小羊羔一样幸运地滚下山坡，都体面的以失败而告终。有一个竟然很可笑的被一只蚂蚁挡住了。还有比这更可笑的理由么？没有。可俺确实被一只可爱的小蚂蚁挡住了。骗谁呢！谁都不骗。蚂蚁呢？在俺口袋里，拿出来大伙瞧瞧。要拿你自己拿。好，拿就拿。一声尖叫，那只伸进口袋的手受了惊吓似的缩了回去。一抖，掉出一只青蛙来。明明是青蛙嘛！明明是蚂蚁！只有一个家伙成功了，那个家伙就是我，一直幸运地滚下山坡。我终于可以像小羊羔一样幸运了。很快我发现有点不对劲了，越来越不对劲，我闭着眼睛向一块巨大的石头使劲地撞了过去。我希望撞击声大点再大点，好让山坡上的那些家伙能清晰地分辨出那确实是我与石头，我与一块巨大的石头撞击发出的巨大响声。我憋足了劲，我憋足劲就会涨红了脸。涨红了脸就涨红了脸，我担心的是我的脸还不够涨红。有一次我正蹲在向日葵地里拉屎，我喜欢在向日葵地里拉屎，碰见了一只小花狗，那家伙就蹲在我对面的另一株向日葵下望着我，特别扭，我只有快点结束了。可是事与愿违，越想快点结束，越结束不了，只有憋足了劲，我憋足了劲，我的脸涨红了。有效果，我感觉体内的一些东西正在一点点地迸出。对，迸出。好舒服好舒服。我想直起身子，却浑身酸痛，刚才还是那么舒服啊，我想回到刚才。我又开始憋足了劲，我的脸再次涨红了。这时候我看到了叔母，漂亮的叔母及漂亮叔母的漂亮汗巾，她就在我的身边，距离我是那样的近。

在黄昏最不易分辨的是一张涨红的脸,我希望它就在我的对面。总之是我的目光能够抵达的地方。可惜的是我很少碰倒过这样的脸,有几次我差点碰到了,但又失之交臂了。我是说等我意识到那就是我要找的那张涨红的脸, 那脸已消失在许多脸之中。有一次很幸运,我刚一起床就看到了一张涨红的脸,他就在我的对面。我想刷完牙从从容容看看那张涨红的脸,可是有点事与愿违。我想我的牙是不能继续刷下去了,对面的那张涨红的脸不会坚持太久,那么我刮刮胡子吧。男人们都喜欢刮胡子,喜欢在两颊涂满泡沫。我不喜欢泡沫,也不喜欢涂满泡沫的脸。我年轻时候的女友特喜欢泡沫,各种泡沫,更喜欢涂满泡沫的脸。有一次指着梁朝伟满布泡沫的脸一个劲说,喜欢,喜欢。我说你到底喜欢梁朝伟满布泡沫的脸,还是喜欢梁朝伟脸上的泡沫?她不假思索地说,当然是泡沫了。我了解她,她不只喜欢男人脸上的泡沫,也喜欢小狗身上的泡沫。有一次陪我上街,刚为她选好了一件裙子进了试衣间,一只好奇的小狗,一只身上涂满泡沫的小狗跟了进去, 并轻轻舔了一下她可爱的小腿。我女朋友正想俯下身子,好好看看那个小家伙身上的泡沫,那小家伙却不近人情地一溜烟跑了。这挑起了我女朋友的好奇心。那小狗与泡沫在前面跑,我女朋友在后面追。追出好远了,我女朋友突然又折回来了。我说亲爱的,怎么折回来了? 我女朋友说:亲爱的,好像忘记穿裙子了。我确实不喜欢在脸上涂满泡沫,可我还是身不由己地在自己的脸上涂满泡沫。这样我女友在热爱我脸上那些泡沫的时候,可以顺便热爱热爱我的脸。我很长时间满足、痴迷于这种热爱。我也因为我女友顺便热爱着我的脸,一直使劲地热爱着我女友。缺憾还是有的,我们两人之间缺乏一张涨红的脸。是的,一张涨红的脸。有一次,我女友对我说,亲爱的,你还有什么不满意的?俺是那么热爱你脸上的泡沫! 我说,亲爱的,我很知足,如果再加上一张涨红的脸,我确实很知足了。现在我总算碰到那张涨红的脸了。我从容地在自己的脸上涂满泡沫,对面那张涨红的脸也涂满了泡沫。然后从容地刮完了脸。我想再次看看对面那张脸,奇怪,那张涨红的脸消失了,就在我抓住镜子的一瞬消失了,与镜子一起。像幻影,对,幻影。涨红的脸,镜子,都是幻影。那么椅子呢? 不是我们无法看清坐在椅子里面的那个人,也不是我们无法看清它的真正用意与表情,而是因为它一直是空空的。对,空空的。偶尔我们借助一些神秘的暗示,触摸到一件质地光滑的睡衣,有一天它会彻底地滑落在地板上变成尘埃与灰。这一切我们得借助暗示。来自镜子的暗示,来自椅子的暗示,来自尘埃与灰的暗示,来自暗处的暗示,一面永远悬在暗处的镜子,一张永远藏在暗处的脸。

　　许多东西都在暗处。椅子,脸,黄昏,镜子,尘埃,灰,还有来自椅子,脸,黄昏,镜子,尘埃与灰的种种暗示,以及衰老病死。我们看不见的东西都在暗处,我们只能看见山坡。借助山坡我们可以看见蓝天、白云、绿草、鲜花、夕阳,借助夕阳我们可以看见一棵树。被时光掏空,被衰朽掏空。许多蝼蚁在其中来来往往,直到有一天被一场雷电彻底击毁。借助一棵树我们可以看见黄昏,一个人的黄昏,许多人的黄昏。一个人的衰老病死,许多人的衰老病死。她躺在自己的屋子里,屋子里光线黯淡。她躺在自己的床上,床头盛满夏天的水果。有几枚桃子开始腐烂,旁边是一只透明的杯子,里面是一些浑浊的液体。深陷的眼睛,借助浑浊的液体,可以看见干瘪的乳房,可以看见一个行囊简单的旅人,一个问路的旅人。旅人,你在找回家的路吗? 是的。说说你看见了什么? 浑浊的液体,干瘪的乳房。还看见了什么? 一只透明的杯子,几枚正在腐烂的桃子。那么摸摸它。曾经的充沛,曾经的家。相信吗,它们都有自己的家。对,都有自己的家。干瘪的乳房,杯子,杯子里浑浊的液体,腐烂的桃子,都有自己的家。所有事物都有自己的家,所有事物都渴望在黄昏到来之前回到自己的家。年轻的时候总那么在意一张涨红的脸,其实你真正要找的并非一张涨红的脸而是家。是的,家。看见燕子了么? 多么急切。从太阳落山的那一刻起,就开始急切地飞。很低很低,比山坡低,比屋檐与灯火更低。然后一点点在屋檐下隐去,在灯火里隐去。紧随其后的是乌鸦与蝙蝠,多少有些不怀好意。别嫌弃它们,也别嫌弃它们的不怀好意,我们实际上总在接受一些不怀好意。真正不怀好意的不是乌鸦与蝙蝠,而是衰老病死。对,衰老病死。它永远隐藏在暗处,有一张忧伤的脸。它有自己的屋子,屋子里光线黯淡。它有自己的床,床头摆满水果。它有自己的眼睛,干枯深陷。它有自己的乳房,下垂干瘪。它有自己的子嗣,那就是黑夜,繁衍了数不清的乌鸦与蝙蝠。它有自己的椅子,它现在就在山坡上,我们只能看见其中的一条腿。坐下来歇一歇吧,坐下来看看蓝天、白云、绿草、鲜花、夕阳,坐下来看看羊群、燕子,还有乌鸦与蝙蝠。多么富有,比整个山坡都富有,比整个人类都富有。可仍然是那么的想回家,回自己的家。好,回家。那么山坡呢?山坡的家呢?山坡有家么?有。那么乌鸦呢?乌鸦有自己的家么?有。那么黄昏呢?黄昏有自己的家么?有。汗巾有自己的家么?有。漂亮的叔母最后一次拿出自己的漂亮汗巾。汗珠有自己的家么?有。沼泽有自己的家么?有。喜欢沼泽么?喜欢。还有整个山坡。包括椅子么?包括椅子。差点忘了椅子。椅子有自己的家么?有。还有乌鸦,还有乌鸦在天空留下的那些划痕。一直是那么不怀好意,一直那么神秘凄美。

乡村风景

王若冰

现居甘肃天水,供职于《天水日报》。

无雪的冬天

今年的冬天,无风、无雪,也无寒。

立冬前后,一场匆匆的雨雪飘过,中国北方的天空便是一日接一日的蔚蓝、晴朗和干燥。路旁落光叶子的树木然呆立,从晨到昏都保持着那种僵直、绝望的姿态。山川绵延在浮尘飘荡的雾霭里,面目全非。没有寒流南下的警报,更看不到白雪皑皑、冰天雪地的景观。一天比一天温暖的太阳无聊地迈着悠闲、懒洋洋的步子,在城市和村镇狭窄、空虚、灰雾蒙蒙的天空飘来飘去,使这个冬天显得干渴、怪异、荒诞。

春华秋实,冬雪夏雨。自然万象,万变不离其宗。多少年来,我已习惯于凭藉灵魂的感应,从四季轮回的物象中,寻找不同季节应该持有的生活方式。于是,面对今年这个温暖如春,无冰也无寒的冬天,我骤然变得惶恐不安了。

今年这个干燥、无味的冬天,注定要给活在阳光照耀的北方大地上的每个人心中

山坡上的阳光

留下遗憾和空白。

还是在去年冬天最后一场积雪融化之，我就伫立在故乡山坡残存的雪地上，翘首期待今年冬天能有一场比我记忆中任何一场雪都要壮观纷涌的漫天大雪猝然降临。我渴望在另一场空前绝后的白雪里重新体验和经历，唤醒我三十多年来丧失殆尽的激情与活力。我甚至在骄阳如火的六月，就为今年冬天必须践约的一次于惊天动地的暴风雪中开始的孤身远行惊悚并兴奋着，为这次终将到来的雪地独行写下这样的诗句："雪落到山林里/那是多么动人的情景/一只又一鸟/驮着雪/在雪窝里安睡/比雪更宁静的/是雪/在不露任何表情的河面/雪把所有的痛楚/都讲完了"。

然而，今年的冬天，却没有雪。

我两手空空，站在干枯的河沿上，远山干瘦的树木绝望地指向天空，飘浮的浮尘笼罩着模糊的村落，一只麻雀飞过河滩，挥翅无声。烦躁与焦渴令我喘息艰难。然而，所有走过这个虚情假意的冬天的人们，却沉醉在温暖的阳光里，表情麻木。有人从我身旁走过，仿佛陶醉于一场巨大的幸福之中，高声惊叹："今年的冬天真暖和！"那人的身影迅即被捉摸不定的阳光和迷雾吞没，我却被那难辨性别的声音刺痛、激怒，恨不得追上去，揪住他的衣领，大声喝问："逃避冬天的人们/你庆幸已经躲避过了严寒/你又怎么能够逃避春天的腐烂/春天的死亡呢？"

积雪的冬天，寒冷的冬天，让懦夫与蠢才无地自容，使英雄更显光彩的冬天！你是一年中的最后关口，四季里的辉煌顶峰！谁能在阴云沉重的天空下捧住自己的头颅，谁才是冬天之王、四季之王、生命之王！

现在是十二月的夜晚。案头灯光明亮，室内温暖如春。昏暗但绝不阴森的漫漫冬夜安静地铺展在村庄四周，平静、悠闲、无悲无喜的时光在继续，但冬天即将结束。我预感到这个不伦不类的冬天正一分一秒，不肯回视，也不带怜惜地离我而去。一场大梦将我灵魂深处一场铺天盖地的暴风雪骤然唤醒。天地深处那种尖啸、狂暴的声音让我震悚、激奋。

那是弥漫了我的整个童年、少年和青年时代所有冬天的暴风雪。它强大、残酷、不留情面，把我一次又一次逼到自下而上的绝境，刺痛我的灵魂，笞打我的肉体，迫使我选择唯一的言辞与冬天对话。暴风雪在我所熟悉的一个又一个黄昏或清晨,越过光秃贫穷的山梁,飞沙携雾,奔杀而来。它会在转瞬间将我那安卧于山坳里的村庄吞没,把没有重量的器物卷走,把没有根茎的物体掀翻,然后使天地间骤然陷入空前的混乱、惊慌和危机之中,胁迫每个生活在冬天的人们直接面对生或死,进或退的拷打和逼问。

寒冷使我对温暖向往终生,严冬也迫使我在童年就学会了如何对付冬天。我还清楚地记得,在那些或寒雾弥漫,或风雪交加的黎明和黄昏,父亲背负巨大的冬天,举步维艰地在空旷而辽阔的天地间跋涉, 与冬天拼死抗争。我敬仰父亲的坚强与坚持不懈,以及他那些为暴戾的寒风击中之际绝不呻吟,双唇紧抿,与寒冷对抗的表情。我至今怀念那一个个大雪封山的日子,我孤身只影,行走在从家里到学校十华里早已被积雪掩埋的山道上,满怀悲怆与凄凉,一步一步逆风跋涉一座又一座堆满积雪的山梁之际艰难、坚持的姿势。那是为了在穿过风雪之际不被风雪击倒,并且能够在震撼天地的北风中坚持住自己的姿势。积雪载途,寒风排空,我双足紧扣大地,双眼里弥望的是高原上的十二月风雪弥漫的冬天。冻僵的树木,冰封的河流,积雪中显得更加严峻、冷酷的山崖,在我的视野里一点一点移动。我那一块隐痛的伤痛一般黑暗、沉重、模糊的村庄,无声地驻留在浩大的雪地中央。黑夜即将降临,风雪将我团团围住,穷追不舍。没有人将我召唤,没有人为我做伴,但我能感觉到另一个灵魂在严冬的尽头已为我准备的欢迎庆典。

最寒冷的冬天已经度过, 最残酷的日子已经被我击倒。我理解冬天的重量与含义。我甚至认为,冬天是大自然为所有有幸生存在这个严峻时刻的生命特别设置的一次打击,一次考验,一个领悟和体会生命奥秘的机会。

然而, 就在我早已做好御冬的准备, 等待我一生中又一个严寒的冬天的到来之际,今年的冬天竟表现得如此暧昧、乏味!

还有雪,那在每个冬天都给我无尽幻想和伤痛的白雪,你将以何种方式,在什么时候抵达我干渴的灵魂? 在这个混沌的冬日、飞扬的尘埃、污浊的空气,等待着一场飞雪清洗;面前这个灰雾蒙蒙、睡意朦胧的世界,等待着一场大雪警醒。然而,冬季将尽,

范宏亚作品

头顶依然艳阳高照，身旁依然是虽僵未死的树木僵直的队列。我惯于在冬天的积雪中安宁、倾听的灵魂，焦躁不安。十二月的某一日，当我以整整一天的时间驱车奔驰于陇中三县绵延起伏、黄土连天的山梁之际，迷蒙的天空下苍黄赤裸颜色使我心中充满了困顿和疲倦。

没有严寒，也没有积雪的冬天，还是冬天吗？如果冬天没有了毁灭和新生的抉择，如果冬天没有了生与死的诘问，那么冬天又将意味着什么？

诗意的雪

再过若干年，当生命中的暮色逼近眼睑，如果有人追问我，这一生在我灵魂深处曾经留下经久不散的回声的东西是什么时，我会毫不犹豫地告诉他们："是雪！——是在一个个干燥的冬季突如其来，包裹了故乡的山山岭岭的铺天大雪！"

我的故乡在渭河南岸西秦岭余脉一片逶迤绵延的山梁之上。那是一道纵横交织，疲倦奔波，永远焦渴、光秃的山梁。焦黄与荒凉是它的本色，沉寂和隐忍是它的心情。那一座座散落于山坳之间或山梁之上的村落，从来都有那么孤单无助地裸露于浩大、沉重的蓝天之下，廖落而散乱。天空对地、对人的压迫和盛气凌人，始终是我对那座终生难以割舍的山村永远的伤痛。只有到了冬天，一夜大雪，天地皆白，我孱弱的生命和空洞赤贫的故乡才会骤然间变得充实、强大、茁壮起来。

落在故乡的山山岭岭上的雪，永远是一场溶天裹地、撼人心魄的大雪。

那雪会在黄昏怒号的北风刮过宁静异常的夜晚之际突然降临。在我看来，那雪仿佛一场苦等已久的甜梦，或一次神往终生的远游，令人猝不及防，惊喜并且惊悸。

黎明将至，一场大雪已经在一夜的大梦中降临。那时的山梁与沟壑、村落和道路都已被积雪掩埋，平日里凌乱、破碎的大地现在安静地沉睡于同一个清洁、浩大的梦境之中，被阴云褪尽的东天上微薄清爽的光亮反照着，显得亢奋、幸福。虽然天色仍然昏暗而寒冷，然而我却能从屋檐下飘拂而来的清凛的呼吸中感受到这场大雪的到来。

山坡上的阳光

于是,惯于以懒睡打发漫长冬季的我,会被一场不期而至的大雪唤醒。从热烘烘的被窝钻出,推开门,面对白雪覆盖的院落、屋顶、树木,我在每个冬季的早晨都会情不自禁的惊呼:"下雪了!"

雪落在我那贫穷、偏远,然而让我温暖终生的故乡的山上和山下,也落在我目光所能望及的更远的山岭与河流之上,无边无际,盛况空前。雪成了这世界的主人,雪主宰了整个世界,除了雪,我的目光中只有雪!就连多少年来沉重、威严得只有让我仰首观望的蓝天,也在漫山遍野的白雪映照之下,呈现出一种刺目的惨白色来。

一场大雪终于可以让我和大地以同一种目光直视头顶高悬的天空了!

平展、干净、绵软的雪朝天和地的尽头铺开,如巨大的幸福轻轻将我召唤。我把双足踩到纯粹雪白的地上,大喜过望犹如大地真正的主人,在雪地上奔行。凛冽的白雪使我双目生辉,浩大的雪原让我生动、丰满、具体。我在落雪的麦垅上伫立,倾听积雪覆盖下麦苗温暖的呼吸;我在掩埋于积雪之中的屋檐下盘桓,感知父亲沉醉于幸福的大雪之中的梦呓;我在落雪的山梁上瞭望,天地融合的白色让我产生了飞翔的幻觉。

飞扬的雪花和无垠的雪野在每一个严酷、单调的冬天都会降临。每一场雪的来临,我都能获取一种新鲜的感受——激动、幸福、安静,甚至骚动和伤感,都会伴随着一场漫天大雪和雪后或清冷,或华丽,或壮观,或清纯的雪野,让我在另一个年头的整整一个春天、一个夏天和一个秋天细细回味。我甚至觉得,雪成了我体验和感知的唯一姿态,雪是我表达和倾诉的最恰当的方式。以至在多年以后,我在诗歌里这样陈述:"雪呀,雪/在你柔情缠绵的谈吐里/我变得生动/雪把我的灵魂推向一个高度"。

1986：春天的咒语

郑小驴

现居长沙，系《文学界》编辑。

燕子掠翅南飞，我眼前不停晃动的是 1986 年春天那个夜晚的情景。1986 年的湘西大地，与我相隔遥远，远如一田田油菜地。春天的夜晚，没有风，没有狗吠，河水拍打着鹅卵石顺东远去。一条伸向远方的小道，在密密麻麻的油菜田里延伸着，四周一片寂静，空气中仿佛有种黏糊的味道。夜黑得伸手不见五指，如漆如炭。一个女人，腆着个大肚子，从油菜花丛中走来，从 1986 年的春天的夜晚是那么黑，她一直朝夜的深处走去。

壁虎叫得欢快，田野里的水草长得那么疯狂，簇簇地从地里冒出来。青蛙也出来了，呱呱哇哇。那么说来，那个夜晚是有声音的，可是我没有听到。多少年后，一个恍惚的斑驳如影子的梦境一直萦绕在我的心中：我所能听到的只有沉重的脚步声和叹气，还有一条河流，一条小木船，停在春天的水库里，一直在打着圈儿。……那些荒山野岭，偏僻得如水沟里的暗角窟窿；那么多条的阡陌，像带子一样飘逸，多得如掌上的纹路。我生怕那个女人走错了。她要是走错了，荒山野岭，鬼魅出行，湘西特有的"难产鬼"，势必与她如影相随。苦楝树上吊着的风干了的干果，那是冬天走过的声息。

女人走累了，坐在石头上歇一歇，再走。或许起雾水了，薄薄的雾水像纱帐一般浮起，那是一张无边无际的床，我躺在上面，梦到河流或者下雨的时候，便开始尿床；或许已经凌晨了，她看到的天边出现了几颗启明星，要是那时有飞机或者有卫星滑过，她肯定认不出来。一颗星星又陨落了，一个人又将死去……

……睁大的眼睛，看到的是一片混浊，如无边无际的荒原，野黄麻叶子在空荡荡的荒原上疯长。艾略特曾说过，四月是最残忍的一个月。从远处断断续续传来的尖锐的呼声漫过黑夜，在荒原的另一头，又消失得无影无踪。张大的嘴巴，想大声呼喊，可是却怎么也喊不出来，他们都说，夜里不能和陌生人搭话，其中有鬼。

我不想坐了，我只想出来！这个该死的世界！

那么说来，当时的世界是黑暗的。或许，光明的启程正是黑暗的结束。这个世界，原本就是一眼望不到尽头的地方。我所看见的黑暗，随之感觉到的还有水。那是一片汪洋大海。水波浩瀚，无际无边。我在水波中沉浮起落，像一块随着波涛起伏的檩条（标本）。要是那时我知道什么叫标本，那么我一定在那片让我差点窒息的海洋中踢上几脚，打上几拳。我从来就不是一个安分守己的人。黑暗与水，是人类的智慧源泉，水漫过山冈，橄榄枝也就来了。

女人歇了会，有劲了，开始走。她手中握着一根小木棍，那是一根插在田埂上用来扶豆角的棍子，多少年后，我们推着一根小棍飞奔在乡间的小道上，称为"开车"。我们的车是一根棍子。女人开始走动起来，这是黎明前最黑暗的时候，她小心翼翼地朝前走着。没有声音，世界是静的。有一段时间，青蛙和壁虎在我耳朵里消失了。静，仿佛成了一道谶语。我的世界里再也没有野性的呼喊。那个春天的夜晚，雾水打湿了她的裤脚，她用木棍小心地打着路边野草上的露珠。露珠滚落时润物细无声，冷，浸透了她的裤脚，于是她的脚也有了凉意。天边有层灰白色的云块卷起，这无穷的黑夜，像把巨大无边的黑伞，笼罩万物。河边有排笔直的小白杨，旁边是条灰色的小马路，也叫机耕路，隔上几天，便会有辆衡阳牌手扶拖拉机从这里经过，开往水车或者其他地方。机头有浓烟冒起，像朵黑色的蘑菇，依然没有尽头。那么，路的尽头在哪？她肯定没有想过，也从来未曾考虑过。她只是想，这样一直走下去，走过一个又一个村庄，趟过一条又一条河流，在如织的阡陌的总汇处，得到一个答案。

源头。我想起的源头就像清晨草尖上的露珠。露珠滚落了，源头就消失了。我的生命的源头，首先闻到的是露水的气息，一种纯洁的精华的浓缩。晶莹剔透。可是它们纷纷而落，被女人踩到了脚下。露水打湿了她的裤脚，还有那条长长的麻花辫子。两个月后，一张黑白的照片出来了。一个女人站在山冈，清晨的朝阳透过密集的枞树林散射开来，折射在她的身上，如飞蛾、如虫子，它们扑打着翅膀飞来。她的身后霞光万道，怀里抱着的是一个新的生命。他幽暗的哭声似乎想给这个沉闷的世界狠狠地来一下子。

或许她饿了，在那个春天的晚上，1986年的中国，饥饿带来的痛苦正渐渐在人民的记忆中淡化。但是她是被饿坏了的穷人家的孩子，她吃不得红薯干米饭，恶心，她的脑海中闪过红薯她就会吐清水。我从小也营养不良，我时时感觉到胃痉挛成一个拳头大的刺猬。那是全身在收缩，我被装在一个充满混浊的水的皮袋子里，感觉到的是令人无法容忍的窒息。我决定出去。我想呼吸下春天带来的潮湿的味道。那么，伸向远方的阡陌和巍峨的高山，一定是我陌生的所在了。多少年后，一个孩子注定了要赤着脚在丘陵地带反复奔走。高山从来没有告诉过他什么。

月亮开始出来，发着毛边。他们说，有毛边的月亮会下雨，可是那天夜里却没有下雨。你想，下雨多好，雨幕中，没人看见你。1986年的中国，计划生育这股狂风在神州大地上迅猛掀起，计划生育组的党员们，他们抬着箩筐，拿着扁担，还有公章——那是国家最高权力的象征。这些国家机器，谁要是被逮着了，他们便会用拖拉机，装满整整一拖拉机的女人，"突突突"地送往小镇上的中心医院去结扎。多年后，汉娜·阿伦特、乔治·奥威尔突兀又理所当然地切入你的视野，使你战栗与惊喜。

那么，这样的夜晚，女人是不想听到一声狗吠的，她心中所想的是，让全世界的人全部睡沉，她一个人打夜里走过。一切静得可怕。

那么说来，是要过河坝了。河流，流了那么远，那么久。它们一定累了。这个地方

范宏亚作品

叫龙口。风水先生预测，这是一个龙抬头回首之地，乃宝地也。河坝，立在河水中，隔步便立一个，过了坝，便是对岸。蜿蜒的河流，在夜色中细声地流着，沉默地从一个个坝口中缓缓地流过。这么多年了，你看见过沉默的河吗？这个女人，望了望河流，她挽起了裤脚。对岸是大片的油菜地，暗香徐来，钻入她的心肺，她一定陶醉了。月光是那么黯淡，像中国1986年的那盏小马灯。她想，那个穿黑色灯芯绒中山装的男人一定立在彼岸，静静地等待着她。对岸是模糊的一团黑，她什么也看不见。她想大声呼喊几句，以此来驱赶心中那个传说已久的恐惧。快到家了，趟过这条叫清江的河流，翻过这座无人的大山，便到家了，她想。

世界是漆黑的。混浊不堪，一眼望不到尽头。像是在一片无边无际的狂野上，在寒风肆意的夜里，挑着一盏马灯，在茫然中走向一个不明确的去处。有乌鸦在山冈上叫，立在高达数丈的杉树上，北风凛冽，被冰住的杉树针刺痛了乌鸦的爪子，它们发出的野性而凄惨的悲呼在空荡荡的旷野上响起。如裂帛之痛，一个孩子的出生，是乌鸦召唤的结果。隐隐地，或许还有野狗，它们来了，像蛇一样唆唆作响。他们说，空荡的夜里，有狗吠，便有鬼。要是把狗的眼泪涂在人的眼睛上，人就会被吓死掉。狗的眼睛能看清鬼的样子。满世界全是鬼魂呀！

那么过河吧，该来的一切都会来的。怎么躲也是无用的。

光明与黑暗水乳交融，当黑暗抵达灵魂的空中花园，马车进城的时候，城门就悄悄关上了，一只长矛在星月下寒星点点。连盏马灯都没有！不断有混浊的东西在四周涌动，漂浮如羽绒，那是从遥远的西伯利亚飞过的天鹅不小心掉下来的诅咒。我的嘴，无法呼吸，我所碰到的地方，全部都是柔软的墙壁，像张无边无际的网，我被网住在里面，这些看似细小的丝状物品，缠住了我的腿，我的手，我的一切。我被束缚在茫茫的黑夜里，我想哭，想大声诅咒这个该死的世界，可是，我什么都干不了，我觉得自己已经死了。小精灵，穿着白色的小长袍，唱着人类听不懂的歌曲朝我翩翩起舞。惊悚如从头顶飞过的巨大乌鸦，黑色的羽毛遮住视野，所以我们看到的夜空辽阔无边实则漆黑一片。

水。除了水还是水。像海洋,比河流还要宽广。就像春天是个泛滥的季节,淹没了堤岸,淹没了的油菜花,还有苦楝树,——有群白色的鸭子打着淡红色的掌游来,后来它们全部死在人们嘴里。这是张还没提出水面的网,鱼儿全部在里面。无形的网,如果仔细说来,便是一条带子,一条生命的通道。要是我能够切断这条带子,顺着这根管子往里窥视,里面便是一个让人永远也摸不着北的神秘的迷宫,弯弯曲曲,曲折徘徊,像极了大千世界。这是一种生命的抵达,我生命的契机在遥远的过去。

这具臭皮囊,里面空空荡荡。山冈的风刮过田野,稻穗弯下了腰。这到底是成熟的果实还是沉重的累赘? 芸芸众生,大千世界,生如蝼蚁,死若尘埃。耶稣被钉在十字架上,神色凄迷,目光所伸之处,那是片沉寂的土地,喧哗与骚动,有人在喝酒划拳分吃蛋糕,河流奔走,原始森林的藤木荆条在暗地里滋长,出生了,又死掉了。政治,战争,运动,奴隶,解放,精英,意识形态与反愚民教育……它们像虫子一样飞来飞去。这里的土地那么静寂,当她趟过那条河时,发现岸边一点声息都没有。这个世界仿佛死掉了。悲悯大地。有露珠在草尖上随着她的脚步声悄悄地滑落。是露水打湿了她的麻花辫子吗? 还有她的的确良衣服,这个世界是如此的安静,最后连乌鸦也厌倦地飞走了。

一条路究竟有多长? 能走多远? 年少的时候我总是对世界充满了狂妄,我不安的灵魂不断在这片大地上划满了圈圈和点点。当我老了,身体的结构松散,大厦将倾,回首往事,才知道年少的桀骜不羁是那么的年幼可笑。我骑着从湘西大地疾驰而来的骏马,"哒哒"的马蹄声是归去的讯号。这一遭的轮回常常让我热泪盈眶,当我的祖先还是一只猴子的时候,他们的尾巴一定挂在坚果树上荡着秋千。悔恨生命,也感激未来。

天边出现鱼肚白的时候,她终于清晰地看到山的轮廓,她哭了。不断哽咽,她将无尽的苦水倒进自己的肚里。所以,从一开始,我能体味到的,这个世界便是苦的。我的舌头发麻,在留恋这个尘世的那一刻开始,便像乌龟一样将头缩了进去——那里才是我温暖的家。

生命的通道,更像一条望不到尽头的隧道。尽头发出微弱的亮光,那便是生命的呼唤。妈妈,我也要出去! 隧道的尽头是光明的所在。春天阳光妩媚普照大地,啊! 遍地发芽。

怎能安静下来呢? 这个世界如此之小,只能在黑暗的海洋里翱翔、游弋,拳打脚踢。总是有一个羁绊,让你无法自由自在地挣脱这个温柔的束缚。黎明前的夜晚,空气是那么新鲜。饱含清晨露水的味道。经过那片油菜田的时候,她的衣角不可避免地沾满了油菜的花瓣,她的麻花辫子上,同样的,也是满头金黄。要是以前,在春光明媚的日子里,曾几何时还是姑娘的她,兴致来时,便会梳理好那条粗粗的麻花辫子,羞涩地立在油菜地里,将衣角扯了又扯,等待着一个人的出现。

可是。现在的她,却是那么沉重。沉重得让她喘不过气来。疼痛如水,不断漫溢于她的全身。春天,是个疼痛的季节。你想大声呼喊,可是你忍住了。

生命的源头潺潺不息,就像滔滔不绝的清江河水。春天的河水,多情并且容易泛滥成灾。那个迷人的夜晚,河心岛上荒草萋萋,几株矮小的枞树在那里顽强地生长了起来,这看起来便像一个孤岛。河的对岸是一片树林,狭长,一直沿着河流,夜里就有狐狸和野兔出没。死了人时,锡纸与竹架糊糊而成的"千年屋"烧后留下的残骸,触目惊心般黑。生与死,一念之差。如果"千年屋"管用,那生与死又有什么区别?

温暖之水,漫溢在我的身体的四周。新的生命,只是一个符号。这个世界写满了千奇百怪的符号。句号是一个休止符。

一个粗重的呼吸,在那个黎明前的夜里开始频繁起来。是大山。女人开始爬山了。过了河,迎来的便是高山。她的脚踩在山的脊背上。这不是平坦的阡陌,蜿蜒如蛇,陡峭如刀。那么说来,我便体会到了高山的雄伟与深重。一具臭皮囊,沉重不堪的肉体,在曙光初射的清晨,他的皮肤那么透明,他的哭泣那么嘹亮,他纯洁如水的眸子透过薄雾洞穿尘世的污垢,让她愁肠百结又喜极而泣。沉重的是肉体,轻盈的是灵魂。割弃的是肉体,放飞的是希冀。

接着,大片大片的梯田便出现了。山间里的梯田,层层叠嶂,里面种满了绿肥。她

范宏亚作品

还看到了一个水库,听说那个水库淹死了不少的人,非常阴森。死人打道场时,常常会选择在水库的堤岸上来烧灵屋,这简直成了死人的天堂,女人走到水库边,清澈的水面映衬着她苍白的脸。起雾了,浓浓的白雾在水面上升腾飘逸着,看起来如浮纱。

女人累了,她想坐会。这里是堤岸,上面还残留着未被烧尽的灵屋的窗棂。这是一个危险的地方。可是她依旧坐了下来。再翻过那座山,便到家了。那间茅草盖的土砖房,要是不下雨的话,床上的被褥肯定是干着的。

——要是生的是个女儿,计划生育组罚款可能会轻些。她想。

1986年的中国农村,刚刚脱离饿殍千里的阴影,紧接着的便是物质的极度贫困。

3年后,一个小孩骑在门槛上,望着计划生育组的人朝家走来。他们一群人,手里拿着扁担,扁担是用来抬东西的。

计划生育组的人朝小孩远远地招呼,"你妈妈在吗?"小孩大声地说,"我妈妈在!"

女人很平静地跟着计划生育组的人去了镇上的医院,同去的还有几十个妇女。他们用拖拉机把她们集中送到医院里,自带被褥。人群惶恐不安。世界末日。

我朝着生命通道慢慢地摸索,激动且不安。四周一片死寂,水面烟波浩渺。这个世界的蒙昧处,如草尖上的歌声。露水鬼的招魂曲,在耳边绕回。眼前的一切都模糊了,灰蒙蒙的。水面上有烟气腾起。一个男人从远处走来,渐行渐近。

"回家吧。"他说。

接生婆来了。一个嘹亮的哭声迎来了黎明的第一缕曙光。新生。

"是个男孩。"她们说。

爷爷巴嘎巴嘎地抽着老旱烟。"也好!两兄弟嘛!"

哈哈。他们大笑。他们大碗喝着酒。

女人躺在床上,汗水吟吟。

——一切都安好!

听到这句话时她又沉沉地睡去了。她睡的样子嘴角轻佻,如绽放的油菜花。她做了个梦,梦见了河流,还有骏马,——尽管她之前从来没有见过马匹。她梦见那匹黑骏马从大河逆流而上,哒哒的马蹄在清江里劈波斩浪恍惚不见了。

……

那么说来,1986年的春天那个故事就结束了。留下了一个影子,在春天的阳光下,连影子也消失掉了。

一切都消失了,又似乎还存在着。最起码,女人还活着。孩子也没忘记1986年的那个春天的夜晚。

春天里的秘密正在生根发芽,看上去,这更像是一个春天的咒语。

小忧伤之狼传说

赵瑜
现居海口,供职于《天涯》杂志。

一

传说中狼会变成人的样子。

有一次,我想吃村东头老李头一家院子里晒的红薯片,母亲说,那屋子里的老李头和他老婆都是狼变的,会吃了你。

我很害怕,吓得转身就跑,一口气跑了很远,觉得狼一定追不上了,才停下来,问母亲,狼的衣服破了也是找李大娘来补吗。

我和母亲是去找李大娘补衣裳去的,李大娘手很巧,把个洞补得像一朵花一样,还不要钱。李大娘的儿子死了,她看到我就摸我的小鸡鸡,我一泡尿就滋了出来,她哈哈地笑,说,真有劲。我在晚饭后在村东头把老李头是狼变成的告诉了赵四儿和国子。

他们两个都不信,赵四儿说,我去他们家里偷吃了枣子,他不骂我,还朝我笑哩。

国子也说,是啊是啊,狼的尾巴那么长,我怎么从来没有见过呢。

于是,我就带着他们两个去看狼的尾巴。

天刚落黑,有一个人用手提着一个煤油灯走进了老李头家,然后大声地说话,结果没有人说话。于是,那个人把灯吹灭了,进了屋子,再后来,那房间里竟然传出来女人的叫声,是那种快死了的叫声。

我和国子捂着嘴巴,吓得跑了,赵四儿也跟在后面,我们两个跑得快,赵四儿跟不上我们了,竟然坐在那里说,我不跑了,我要让狼吃掉,变成人,然后再吃掉你们两个。

我和国子不管他,照旧跑,一口气跑到我家门口。

第二天,赵四儿拿着烤红薯笑嘻嘻地来找我,我觉得他有些奇怪,好像是眼睛不太对劲,我就让他叉开腿走两步,觉得也像狼,于是就喊国子过来,把赵四儿捆了起来,我猜测赵四儿昨天跑那么慢,一定是被狼吃掉了。现在,他一定是狼变成的,我要扒开他的衣服,看看他有没有尾巴。

赵四儿的屁股上有一点屎没有擦干净,国子就说,没有尾巴。

我们就把赵四儿放了,和他继续一起玩。可是过了一会儿,我又觉得赵四儿有问题,也说不上来具体的原因,总觉得他还是像一只狼变的。他的手指甲很长,他老是流鼻涕,今天却不流了,一切都很可疑。于是,就又一次把赵四儿捆住,再一次扒开他的屁股看,还是没有尾巴。

就又放了他。

如此反复了好多次,赵四儿最后非常恼火,就龇着牙齿,装得像一只狼的模样来咬我们,把我和国子吓坏了,一撒腿就跑。

那天晚上,我睡觉的时候,还故意摸了一下自己的屁股,确信没有尾巴,才算放心。

二

村子里是真有一只狼的。那狼把寨外住的一个老大娘活活地吃掉了,只剩下一个头巾。

于是,村子里的壮劳力都组织起来,晚上的时候拿着铁锹和木棍等着那只狼再来。

但是大家不知道那只狼又看中了哪个老太太,便把村子里的所有老太太都重点保护起来。狼始终没有再来。

无数个夜晚下来,大家对于狼的存在有些怀疑,于是就各自散开。

我们这些孩子终于拥有了自己的夜晚,可以撒着欢地叫彼此的外号了,可以牵着一只狗去追谁家的小山羊了。

那些个日子,大人们管得很严,即使要出去玩,一定是几个人在伙的。

我牵着我家的黑狗往庄稼地里跑,我埋了一个瓶子在我家的玉米地里,瓶子里只装了两颗玉米粒,我想知道,如果没有人看着,两颗玉米粒会不会生出第三颗玉米粒。

这件事情起源于我们的争执,我总认为我家的玉米屯放在一个大缸里变得越来越多,我觉得,两个玉米粒在一起时间久了,肯定会生小孩的。

赵四儿和国子都不相信,我只好往瓶子里装两粒玉米粒,埋到了玉米地里做试验。

黑狗后面是我和赵四儿,国子一边走一边听他的火柴盒。仿佛那火柴盒里有一个人在叫他的名字似的。

其实那是我送给国子的,就是把一根丝线装入火柴盒里,然后用手在外面弹一下,里面就会有美妙的声音。

我上次做的标记已经被雨水淋湿了。我正在回忆到底是在第几排和第几排的玉米之间呢,忽然被黑狗一用力带倒在地上,我的脸被一个玉米叶子迎面划伤,我觉得有一股凉意,用手一摸,红红的,我一下哭了。

狗挣脱了我的手,向前跑了几步,大概是听到什么风声,突然立在那里,支起耳朵,然后又退回到我们身边。

赵四儿和国子用力地抓住了我,说,哥,狼。

范宏亚作品

我相信，我的一生再也不会遇到比这更为传奇的故事了。一群狼竟然站在不远处的玉米地的尽头。我们一开始只看到几只亮晶晶的东西，以为是萤火虫，后来月光打湿了它们，发现是四只狼。两只狼很大，一只很小，另外一只是半大的。像是一家。

那些狼向着我们三个小孩子，黑狗突然一声不吭，像一个睡着的孩子。

我一把夺过赵四儿手里拿着的铲子，用那个铲尖对着狼群。

赵四儿说，我们跑吧。国子吓得声音直哆嗦，话都说不成了。我也发抖，手一直在抖，我一时间想不出什么办法。就对赵四儿说，我们一起大声喊。

赵四儿问，喊什么。

我就说，喊狼。

我用力地拧了国子一下，然后，我们三个孩子，在傍晚时分，在那块临着村子的玉米地里，大声地叫喊，狼——

狼——狼——

不知道从哪里突然传来一声枪响，声音无比地大。

这个巨大的声音救了我们三个，那狼群的眼睛像家里的电灯，突然一下熄灭了。

我把国子拧疼了，他疼得哭了起来，但嘴里一直不停地在喊：狼——

我和赵四儿马上附和他，也大声喊：狼——

如果这也算是一种朗诵的话，那么，这一定是我的第一次抒情的朗诵，朗诵的诗句很短，只有一个字：狼。而且听众又极少，只有一只狗和若干棵玉米。

当一群叔叔和大伯们闻声赶过来的时候，我们的嗓子已经哭哑了。我的脸上有一道血印，几个叔叔以为是狼抓破的呢，紧张地看着我，让我说明刚才凶险的情形。

可是，我当时太激动了，一句话也说不出来，一个字也说不出来。

我的父亲跑过来的时候，还听从了一个老爷爷的说法，往我的脸上喷了一口凉水，说是把魂招回来，别是吓丢了魂去。

三

狼是一种懂礼貌的动物。

如果真的被狼从后面抱住了，是不能扭头看的。

这是大人们给我们讲故事的时候说的话，边说，还让我和赵四儿站在前面做示范。

我站在前面，赵四儿突然从后面抱住了我，我扭头的时候，嗓子就露在了赵四儿的面前。

大人们说，狼很守规矩的，只要人不回头，他抱一会儿，觉得累了就撒手了，然后逃跑了。

讲这个故事的人叫阿福，是后街的，他年纪很小的时候被狼袭击过。所以村子里面的人都喜欢听他讲这一段。

他也喜欢讲，反复地说这一段，仿佛他的一生只停留在这样一段回忆里。

狼在他的故事里变得相当有礼貌，如果不回头，狼就不咬人。

这一点大家是不相信的，可是我却有些相信。我觉得，如果和一只懂礼貌的狼交上朋友，那一定是一件有意思的事情。

我曾经孤单一个人在寨外的小路上等过一只狼很多次，我就站在讲故事的人被袭击的位置。我在那里尿了尿，还用一个树枝画了很多圆圈，还和赵四儿在那里摔了一会儿纸牌。还经常把一些纸条贴在脸上吓唬过路的其他孩子。

赵四儿和国子都不敢在天黑以后陪着我待在那里。他们两个都不相信狼是一个懂礼貌的动物。

我就和他们说起上次那 4 只狼的事情。我说，那 4 只狼如果要是不懂礼貌，一定会把我们吃掉的。但当狼听到我们大声叫它们的名字，它们就觉得我们是友好的，就离开了。

只要我们叫狼的名字，它们就不会伤害我们的。

赵四儿跑到一块地里偷了一块红薯，我们三个就坐在地上分着吃了。国子吃了一口泥巴在那里吐啊吐啊。

突然从旁边的玉米地里传来一阵风一样的响声。

我小声说，尾巴。

赵四儿和国子像弹簧一样地站了起来。我也觉得天突然有些黑暗。

我眼睛里的赵四儿和国子成了两个影子。

这两个胆小鬼，竟然逃跑了。跑得速度像电影布上的侠客一样，一转身就成了影子。

我突然镇静起来。

我的兜里有一把小刀，那柄割破过我手指的小刀异常锋利，我割过树根，还划过一块玻璃呢。我当时心里想，我是来和狼交朋友的，如果它要是不同意，我就用这只小刀吓唬它。

狼如果一点也不懂礼貌，不但不同意和我做朋友，还要吃掉我该怎么办呢？

我一时间有些着急，因为我还没有想出更好的办法。我当时心里想，如果它非要吃我，我就把它们带到家里，让我把作业写完，然后再让它们吃掉好了。

这样拿定了主意，我开始在地上写我的名字，写赵四儿的名字，写国子的名字，画

范宏亚作品

早晨起来以后尿尿时小狗的姿势，写了很多。

我觉得，那应该是我的第一篇日记。我在等着一个叫做狼的朋友，我的脑子里充满了幻想。我幻想有一天，我在学校里向同学们吹嘘，我有一只狼做朋友，我帮狼找食物吃，然后，狼帮我追野兔子玩。

我甚至还希望我和狼一起去河里游泳，帮我吓唬天天欺负我的后街的胖子。

我甚至还希望我和狼一起交流，我要学会狼的语言和叫声。

我在那黑暗的黄昏里一点一点将隐藏在内心里的胆怯一点一点地驱赶走，只剩下期待的时候。突然听到一声枪响，还有几个人大声的喊叫，打中了，打中了。

一阵混乱，我对面的棉花地里竟然一下钻出好多戴着草环的大人，他们不知道在那块棉花地里藏了多久了，也不知道听到我和赵四儿和国子的谈话没有。

总之，他们一下子涌出来，像是传说中的天兵天将一样。

我有些激动，跟着他们疯跑。

真的发现了一只狼，还睁着眼睛。那只狼也看到了我，它的眼睛一点也不凶恶，它一定是一只有礼貌的狼。

这些大人真可恶，就这样把我的朋友给打死了。

我那天晚上很生气，回到家以后遇到在我家里等着我的赵四儿和国子。

我一句话也不想对他们说话，我觉得，这是两个叛徒。

四

后街的胖孩子葛一葛小名叫做狼。他是个传奇的孩子。

他比国子小一岁，和军停差不多大小，在后街里却出奇的孬，和别的小孩子争吵，到最后，他总上前咬别人一口。

后来，我才知道，他是狼的孩子。

他的父亲叫葛红，是个单身汉，他没有母亲。

是他的父亲有一天在院子里发现了狼，当时的狼不到一岁，趴在院子里，像一个小青蛙一样在用两只手和脚努力地往前爬。

葛红觉得好玩，就去摸他，却被他狠狠地咬了一口。再然后就爬到了一只母羊旁边，小孩子竟然呼呼地叫，不像是孩子的叫声。

葛红抱着孩子去大街里让年纪大的人看，有一个老太太就说，这是狼的孩子。

大家都不信。

老太太就说，你看他的眼睛，是散的。狼把他偷走了，想吃掉，但可能觉得孩子比较可爱，没有舍得吃，就喂养他。结果一直没有值得吃他。这不，估计一岁都多了吧，还不会走路。狼可能喂养不下去了，就又送回来。

葛红家的羊被狼偷过四只，那狼大概记得清楚，来还债来了。

老太太这样一说，大家都不由得惊叹起来，原来狼也是懂得人情世故的，不但会养孩子，还会还债。

旁边的胡子爷爷就说，过去，有一只狼在我们村子里住了一辈子，到老了，才脱下衣服，大家一看，才知道，这个哑巴是一只狼啊。

胡子爷爷说的狼是一个会走路的狼，听说还会抽水烟呢。

我是后来才听说这个故事的，跑到后街里找胡子爷爷问他，那狼会不会游泳，会不会剥花生米吃呢。结果胡子爷爷躺在床上，说不出话来，第二天就死了。

葛红就把狼孩子当作儿子来养，然后买了一只刚下过崽的山羊当狼孩子的妈妈。

就这样，这个狼孩子吃得很胖，慢慢地就长大了。

长大了他也会说话，只是，一生气会拍着胸脯大叫，那叫声很是吓人。

我和赵四儿和国子都不和狼孩玩，有一次，他抢了我们的风筝，还有一次，他偷了人家的饼干给我，我也不理他。

他生气了，就追我，我就跑。但他一下就从后面抱住了我。

我心里记着阿福叔叔的话呢，我把狼孩当作一头狼来对待，我不回头，就那样任由他抱着。他果然抱一会儿，觉得累了，松开了我，并没有咬我。

然后，他一直跟着我们，我们去偷西瓜，他也参加，吃了很多，还把没有熟的西瓜扔到小河里。

然后我们几个站成一排往小河里尿尿，谁知道，这个狼孩，尿完得早，他从后面一人踹了我们一脚，把我和国子和赵四儿都踹到河里了。

他在岸上得意地笑。他笑的时候，牙齿往外呲着，像极了一只狼。

他身上永远有一股骚味，分不清到底是狼的味道，还是羊的味道。

我们有一次把国子家的一张羊皮拿出来了，披在身上，趴在地上学羊叫，被狼看到，他吓坏了，吓得跑回家了。

我们都很奇怪。心里想，狼怎么会害怕羊呢。

后来，我们明白了，一定是他吃羊奶长大的缘故。后来，我们经常用那张羊皮吓唬他，他竟然异常地听话了。

范宏亚作品

五

砖头家没有狗的,有一天从外面跑来一只野狗,到他们家第二天就生了。生了一窝四个小狗,有一只狗反复睁不开眼睛,砖头媳妇就大着胆子帮着把小狗的眼睛掰开了,谁知,那小狗的眼睛一睁开就喷出一股火来。

有那么高,说话的时候砖头一直在旁边比划着。

那只狗在两个月大小的时候就开始吃小鸡了,现在已经把砖头家的鸡吃完了。这是一只狼。

我们到他们家的时候,发现那只狗正在和他们家的另一条小狗打架。

那条像狼的狗是黄颜色的,长得身子比其他小狗都长一些,他下嘴很厉害,把其中的一条黑狗的耳朵咬得血淋淋的。

砖头喊它,它不听话。砖头媳妇出来才管用。因为,这条狗第一眼看到的是砖头媳妇,所以,现在,只能由砖头媳妇来指挥他。

我和赵四儿和国子想走近那条狗一些,被砖头制止了,他吓唬我们说,这条狗最喜欢吃小孩子们腿上的肉了。

我和赵四儿吓得往后退了好远,腿也觉得隐约的疼,仿佛那狗已经咬到了我们。

那条狗把砖头家邻居家的鸡也吃完以后,竟然开始偷吃村子里所有的鸡。

那时候,我们放学了就会跑到砖头家看热闹,因为,每天都会有不少邻居跑到砖头家找他们吵架,那条狼狗先吃染了红翅膀的鸡,然后再吃染了绿颜色的鸡,最后才吃那些没有染翅膀的小鸡。

那时候乡下人家家都养鸡的,每户都养数十只,如何辨认是自家的呢,通常都是在小鸡还小的时候把翅膀染成红色,黑色,蓝色,黄色。

那时候放学了,大街上的小鸡比孩子们要多,我家的小鸡翅膀本来也想染成红色的呢,结果邻居荷泽大爷家染了红色,母亲为了省事,就拿一个剪刀,一个一个地把小鸡的翅膀全都剪了,这样就便于认出了。

可是,我家的小鸡因为没有翅膀,却引起了砖头家狼狗的注意,有一天晚上,那条狗流窜到我家院子里,竟然一口气吃了四只鸡。

母亲是个并不热爱生气的女人,但不知那次是发了什么疯,拉着我就去找砖头哥说事,砖头一边赔礼道歉,一边往厨房里跑,给我拿了一块烤红薯,我觉得砖头哥挺好的。便一直扯着母亲回家。

那一次,我还趁机摸了那条狗一下,那条狗的毛很短,很硬,像刺猬一样。

后来,我听说,砖头哥有一天晚上要欺负他媳妇,结果,他媳妇竟然喊了那狗帮她,一把把砖头哥咬死了。

总之,砖头哥死了以后,有好多流言。

有人说砖头哥是被她媳妇害死了,因为,砖头哥发现她媳妇竟然和那条狼狗在干那事。

还有人说,是砖头狗打她的媳妇的时候,那狗从后面扑倒了他,砖头哥的头又正好碰到了墙楞上。

总之,那条狼狗后来被村子里的大人们打死了。

听说,打死以后,大人们才发现,这不是一条狗,就是一只狼。这是我记忆中惟一一个由我们村子里的人喂养的并打死的一条狼。

我只是摸过它一下,我怕它的眼睛喷出火来,烧伤我。

欢愉

李晓君

江西省作协副主席,现居南昌。

我能记起的欢愉,是夏天里在姨妈家的阁楼上翻阅连环画的情景。姨妈家在乡下,人多屋少,二楼的阁楼本来是用作堆放杂物用的,现在新辟成了我和表哥的寝室。在三角形斜坡的瓦顶下,放着一张大竹床,蚊帐因为年深月久而颜色发黄,上面十余个破损的地方缝着青灰或蓝紫的补丁,并且散发着陈年的旧腐气味。床正对着木窗——一尺多长,近一尺宽的小窗,光线涌进来,落在我打开的图书上。我趴着或者躺着,随时调整自己的姿势,沉浸在故事里。其时,窗外,风呼啦啦地吹着,一些树枝,晾衣绳上的被褥衣物,发出摇晃、拍打的声音,隔壁的回生老爹,又在噘着他的小嘴,呼唤池塘里的鸭子——"哦呖呖呖呖⋯⋯"这声音充满节奏和韵味,响亮清晰,有时又像隔得遥远。回生老爹的眼睛有白内障,仔细端详,那并列的两个三角形体里,有浑浊的黄绿颜色,眼角处又总是布满鲜红的血丝;他的头圆而小,就像一个球菜。然而他是我的好友,对于我这个来自县城的小孩,他喜欢和我开些善意的玩笑,比如我在姨妈家最早获得的外号"邓矮子",就出自于他,他还喜欢在我——一个小孩面前卖弄他的力

范宏亚作品

气和见识,喜欢说些骗人的鬼话,看起来自得其乐——然而,尽管我还小,但依然看得出他们家的艰辛:他的妻子早已不在人世,他和四个儿子共居两室,最大的儿子已经到了成家的年龄,而最小的儿子和我同年。回生老爹在四个儿子面前没有脾气,他喜欢抽烟,有一竿摸得油亮的烟枪,当他抽烟的时候,身子总喜欢朝地面矮去,烟雾将他圆小的脑袋全部包裹了,我惊异地看着他的头消失在烟雾里,幻想着他的脑袋可能被烟雾搬走了。

我重新在竹床上调整一个睡姿,有时我会一整个下午昏睡不醒;我的表哥,其中一个十三四岁,一个十一二岁,他们仿佛血气方刚的青年,有着和孩子们完全不一样的见解、爱好。比如,他们喜欢书法,经常在那间餐厅兼诊室的低矮屋子里,一张散发着药水味道的桌子上临摹字帖。姨妈是个赤脚医生。她的气质和对病人体现出的那种温柔、体贴,使她看起来具有一种难言的美感。她总是一边撩开孩子屁股外的衣服,一边将冰凉的消炎棉签在紫红的屁股上来回擦拭,当她敲开针剂的瓶盖、将针管伸进去把药水抽进注射器,孩子开始在母亲的怀中蠕动,并且咧开了嘴——他还来不及哭,姨妈已经迅速地将针管从孩子的屁股里拔出来了,她的长发随着身子垂泻、起伏,淡黄色的阳光照在上面,她的脸部处在蓝紫色的阴影里,白皙手臂下的蓝色血管隐隐可现,她站起身来,脸上的表情仿佛在说,"好了,勇敢的小伙子。"孩子的母亲一边道谢,一边从裤子的口袋里掏出零钱,姨妈接过来也不数,拉开药柜的抽屉丢进去。现在是表哥在练习书法,姨妈给孩子打针的情景如同幻梦。正午是写字的好时辰,乡间一下子陷入寂静和瞌睡,连蝉也懒得鸣叫。表哥们一人朝东,一人朝西,面面相向,桌上铺着黄色的毛边纸。字帖是颜真卿的《勤礼碑》。表哥恰好也姓颜,这让我感觉他们是在临摹先祖的笔迹。字帖已经破损,那是经过多人手指的摩抚、把玩后的效果。有的页面已经脱离开册页,上面洇着黑色墨团。那是时间在上面的呈现。多少人的憧憬、赞赏和忧伤在这脱裂的册页上积攒。那些捧起册页仔细端详的情景仿佛历历在目——这是乡间,那些读帖的人,他们大半忧愁的人生里因为这力夺千钧的字而获得一种喜悦和满足,他们懂得欣赏美,这美和他们日常的风物息息相关。就像他们欣赏某户人家的春联,某个出外读书的游子寄回的家书一样。他们对读书人,或者说对纸上的汉字,发自内心地赞叹。

　　我在阁楼看连环画，或者午睡的时候，表哥正在练习书法。我还不能欣赏毛笔字的妙处，但是从他们沉醉而庄重的神气里，仿佛看到了久远的朝代散乱的马蹄、宴饮、杀戮……多年后，我也成了一个书法爱好者，在我临摹王羲之的《兰亭序》的时候，那童年的情景便在纸上浮现。那时，我的表哥们在哪里？兄长远在桂林，一个地质研究所的科研工作者，常年奔走在野外，已经不写毛笔字了；弟弟在故乡的一个乡村中学教习美术，依然写毛笔字，但是似乎没有超出十一岁时的水准。却依然顽强地在写，足以让人震惊！颜真卿被称作鲁公，是书艺和人格达到相当高度的完人。他的楷书——表哥们正在临写的字，浑厚方正，沉雄有力，我想他一定是个胖子。表哥一笔一笔写着，仿佛在书写自己的命运。书法的抽象之美和命运的无法测知，某种程度上有着相似之处。他们写完一张，就铺到地上，互相评点，然后继续写，墨汁的气味混合着药水的气味。墨汁当然不是上好的，因为过夜的墨汁散发着难闻的臭味，这些黑色的汁液像嗜血的蝴蝶紧贴在黄纸上，深深地融入了纸的肌理，成为纸的一部分。那些黑色的没有掺水的墨汁油亮沉着，力透纸背。有时表哥自己用颜体创作一幅——书写的内容是"无欲则刚""曾经沧海难为水，除却巫山不是云"之类。我不懂，表哥们也未必了然其中的意思。他们张贴在墙上，让前来玩耍的邻居小孩一下子变得沉默不语。表哥们练习书法的时候，我躺在阁楼的竹床上看《三国演义》连环画，看到关公走麦城，被捉住，杀掉，不禁掉下泪来。

　　而很可能的是，我正看到貂蝉走到账外，看到关公秉烛夜读《春秋》，庄严而不可亵渎，堂堂的大君子气度。貂蝉敬慕。我亦热血沸腾。

　　姨妈家门前是口池塘。对岸的人家也姓颜（这个村没有杂姓）。男主人是个精明、沉默、爱干净的人，女主人是个泼辣的活跃的女人。他们种田之余，以做鞭炮为副业。暑假里，雇佣一些孩子，做一些事情。具体来说，就是将细麻绳捆在一起给尚未编织的鞭炮，插上引线。一盘向日葵状的鞭炮有几百颗，插满一盘，可以赚两分钱。我去他们家玩的时候，看到厅堂里坐着七八个仿佛刺绣一般的孩子，感觉很好奇。其中有两个是我的表妹。在姨妈家，我主要是和表哥玩，对女孩子们的游戏、心思不感兴趣。在我和表哥们练习书法、耍枪弄棒的时候，我的两个表妹在哪里？她们是怎样玩的？我并不知道。现在我看见她们各捧着一个"向日葵""刺绣"，感觉很好奇。

我说你们在干啥？

在栽爆竹。其中大的头也不抬，回答我。她和我同岁小几个月，却显得比我成熟，看起来像我的姐姐。

我的兴趣立刻来了，也领过一个盘子，坐在她们身边栽起来。栽引线是个细活，要眼疾手快。否则一个上午栽不了一个盘子。我的两个表妹，手法娴熟，左手捏着一把切好的比火柴棒略短的引线，右手迅疾地从左手接过引线，手指雨点般地落在盘子上。盘子上栽好的引线像灰色的树芽齐整整地站在。她们两个每人一天可以栽上五盘，也就是说可以赚到一角钱。

那七八个孩子我都认识，因为我是姨妈家的常客。不仅村里的孩子我都认识，大人也都和我好熟。甚至邻村也有我的一些朋友，那是我们在河里游泳，在野外放风灯，或者干架时认识的。

那些栽种引线的孩子们不太说话，个个显得心事重重的样子。其实他们是在用心做事，无暇闲聊。这个厅堂，地面裸露着黄黑色的泥土，因为一遍遍的踩踏，而变得油亮和结实，墙上挂着犁耙、斗笠和刀镰，贴着领袖的年画。略显馊味儿的豆角汤的味道在上午的空气中播散。隔壁间的内室，放着木马一般的工具，那是卷爆竹用的。墙角里堆放着黑硝和黄泥。池塘上空的电线倾斜着，被风吹得摇摇晃晃，落在上面的蜻蜓也随势荡着秋千。绿色的水面上波纹一层层随风而去，当它们触摸到鸭子的脚部时，鸭子们欢快地仿佛受惊一般的"嘎嘎嘎"叫着，扑愣愣地游到对岸的浓荫下。水稻在池塘边连绵起伏，那是姨妈家的地，是最肥最好的一块。其它几块地，分散在村子不同的角落，甚至在远山脚下还有一块。

我记得姨妈家也养了一群鸭子。我和最小的表妹常常下午一手提着用铁丝箍了口的塑料袋，一手拿着钓竿(诱饵是一条青蛙的腿)，去田里钓青蛙。钓回的青蛙都用来喂鸭子。这种能够上钩的青蛙，颜色土黄，体积都比较小，有着活泼、好奇、贪嘴的天

山坡上的阳光

范宏亚作品

性,这免不了没有好结局。不像那种绿色的大青蛙,稳重而狡诈,它们远远地避开钓竿,从来不被"美腿"诱惑。我的表妹皮肤白皙,头发油亮细黑,眼睛大而扑闪,性格沉静和聪慧。她是个漂亮的女孩。在做事情上,可以称得上是我的老师。半天功夫,她的塑料袋已经被青蛙填满了,而我的还显得空瘪。我那时不自知,现在回想起来,我大约很沉醉和表妹在一起的时光。那是和表哥们在一起时完全不一样的心境,我的情绪变得柔和,内心充满静谧的阳光。表妹的头发齐耳长,当她甩动钓竿的时候,头发像水流一样波动,露出精致白皙的耳垂来。我大约对异性的意识发蒙很早,善于感知来自异性身上美的光辉,这些光辉足以擦掉我脸上的鼻涕和身上的泥土,使我变成谦谦君子。我的性情和趣味的形成,就在日复一日向女性学习的过程中得以形成。除了钓青蛙,我也和表妹一起去割过猪草:马齿苋,指甲花,牛蒡草,红花草,艾草,对这些草的认识都是表妹教的。有时冬天去田里割草,草稀疏,割满一篮并不容易。通常草平矮地趴在湿泥上,必须用小铲子从土里橇出来。割草的时候,人是蹲在地上的,一棵一棵寻过去。和表妹一起割草的光阴不再,现在回忆起来依然静柔和美好,也有淡淡伤怀之感。

阁楼里的连环画一本本被我读尽了。主要是《三国演义》《封神榜》,也有几本《水浒传》,我疑心自己那时也看了几本《红楼梦》,现在仔细想想,大约没有。读《红楼梦》是在几年以后邻居家中看的。《封神榜》中西伯侯姬昌之死我印象最深。表哥深夜在竹床上给我讲这一段的时候,我还深为他没能躲过公申豹变身的卖菜农妇的欺骗而死感到惋惜。

表哥延续了村中老人喜欢讲古的天性,恳求他讲故事,满足我可怜的孱弱的想象,是我每日睡觉前的重大事件。表哥也就十多岁,肚子里却装有那么多的故事,足以让我钦佩。我那时还和他们一起做的事是:临摹连环画。我有绘画的天资,表哥也有。我们临摹的水平实在难分伯仲。很遗憾那时临摹的画作,一张也没能留下来;不仅画,表哥家的连环画册后来也被丢失殆尽了。

我在乡村夏夜里难以入眠,白天遇见的事物和书上的故事,在我梦的边缘交织叠

山坡上的阳光

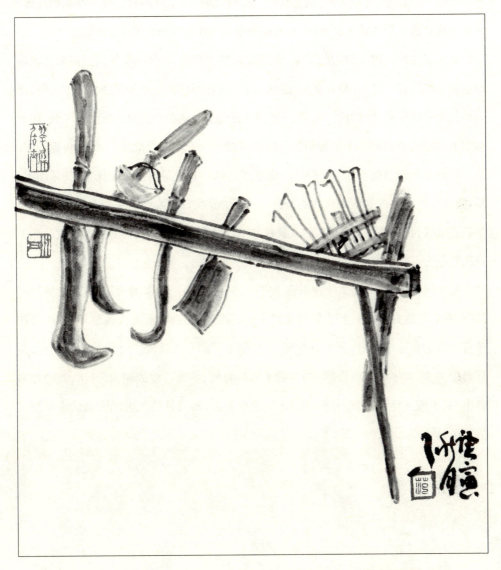

范宏亚作品

显。在明亮如昼的星光下，在连绵起伏的水稻之上，在蜿蜒的漆黑的乡村小路之间，在池塘河流和山坡地里，总是会有无穷的故事在发生，会有乡间之神被遭遇。我总是臆想自己变身为武士，或者大神，或者猛兽，在乡村的版图上开始自己没有终期的征服。生活中我总是一个孱弱者，白痴。只有在梦中我才能重树自己高大的形象。

我记起，白天，村子旁边的河里，上游有人放了茶饼（一种油茶果的残渣），许多鱼被这毒水熏得昏了过去，翻着肚皮，浮在水上。我在河岸看见一条浮在水面的大鱼，远远地从上游漂下来，慌忙褪掉衣服，扎进河里游过去。就在我快要靠近它的时候，从更远的上游迅速游来的一个年龄和我相仿的男孩子——表妹的堂兄，一把把鱼捉住了。这个耻辱让我记恨在心，二十多年了，依然难忘呵！我记得自己睡在床上，咬牙切齿，暗自流泪，不能入睡。作为对我的安慰——因为是我首先发现了那条大鱼，他将几条小鱼送给我，我当然没有接受。后来我在梦中，无数次地见到自己抓到大鱼，大约源于这次刺激吧。

那条河，一直贯穿了大半个县区。宽阔，明亮，苍茫。沿着河边走，可以走到我家门前，我曾经这样走过。相去姨妈家村子三五百米远的地方，有片大草坪，放牛的孩子喜欢集中在这个地方，将牛放在那里，自顾下到河里去洗澡。有时，牛也会下水，游到对岸去，吃食岸边的红薯藤。当牛隐下水的时候，仿佛一艘战船，有一次，我骑在牛背上，又惊慌又狂喜，只感觉周围的水流纷纷退去，抑或是被无穷的流动的水淹没了头顶……

来自民间

王芸
现居南昌,供职于某杂志社。

蜡染

来自大海深处的颜色,来自植物体内的生命潮汐,来自幽深的山林,来自无边宁谧的夜。那一种颜色,构成了蜡染不可替代的灵魂。

展开每一匹蜡染土布,抚摸着,都不难听到水的喧响,某种轻微的歌吟,连绵不息的松涛声和月光的呼吸。这些声息清澈而悠远,传自远方。

一直以来,我们不会总是想起蜡染。蜡染停留在一个向阳民族的审美边缘,停留在对红的虔诚膜拜之外。

我们这个古老而又古老的民族,早已进入一种审美惯性,我们喜欢用色彩中最耀眼最明丽最接近太阳本色的那一种,宣泄我们的钟爱、尊崇、祈愿、热忱、欢悦,还有内心的恐惧,以及内在的激情。

红，是赤黑结实胸膛上的原初纹饰，是掀起滚滚尘土飘成汪洋的展展旌旗，是壮士出征时擂响的震天战鼓，是祭祀案头供品上的一点鲜色，是漆豆妆匣上映出的娇黠浅笑，是深宫后院枯守一生的累累寂寞，是诏书奏折末尾烙下的一枚印章，是帝王贵胄衣袂飞扬处夺目的权势，是年节里乡野妹崽襟襻飘飞的朴素欢乐……红，无处不在，代言着许多流淌在我们这个民族内心不曾说出的情感与话语。红，亦被娇宠着，拥有了千年万年不萎的权威，其他的颜色纷纷淹没在它灼热的光芒之中，无法超越。

从一开始，蜡染就是一种隐忍的存在，远离了京城，远离了繁华。在偏远的苗家寨子、布依人的简陋村舍里，从一台台古老的织机上孕育，从一排排靛缸里诞生。我一直觉得，蜡染的发明者，只可能是女性。最初的构思，恐怕源于女人最最本真的对美的追寻，也许还有突破现有生活规律的某种隐秘渴望。

一个女人不再满足于本白无彩的布，不再满足于千篇一律的衣饰，不再满足于无华无韵的生活，于是在搓着麻线的夜里，在踩动织机的娴熟节奏中，在月光下，在山泉林涛的陪伴中，酝酿着隐秘的心事。忽一日，一个新鲜的念头从夜无边的静谧中生长出来，于是有了蜡染的胚芽。女人突围的方式也是柔软的，那一种隐忍而深邃广袤的蓝，被借用为生自民间的蜡染的灵魂。

最初的制作，绝对是智慧性的创造。一切都是尝试，寻找最具染料性质的植物汁液，那是最天然的材料，是上天的赐予；寻找最适宜的，让花叶鸟鱼攀上布端，从素净底色上凸显出来的方法；探求染渍的最佳时间、温度、配料……可以想象，这是一条漫长的荒野小径，一个女人走出最初的新鲜的脚印。很快，她有了同伴，路一点一点伸向远方。美总是能够很快在女性群体中迅速传播开去。这时候，在蜡染——一种尚未定型的民间工艺之路上——求索的，已远不止一个女人，无数双女性，也许还有男性的手共同塑造着，直到最稳定、成熟、完美的技术到来。

蜡染的制作依赖于手工，没有喧哗，也不繁琐，从表面看，手耐心地完成一切。其实不是。最终决定一匹蜡染土布美的质地，美的层次，在于点蜡。那是展露匠心的工序，也是心思妙想自由游弋的时刻——将荡过火舌的柔软的蜡，依着内心无所依附的原初构想，绘在粗实洁净的布上，这是一种踏险的创作，灵巧的手和灵慧的心配合

范宏亚作品

着——待出得染缸时，现实的与构想的，既得的与期盼的，才得应证。蜡染美的形态，往往独一无二，不可复制，就在于不同的手和不同的心参与了制作，还有手和心彼一时、此一时发挥的微妙波澜。

蜡染，成为乡野女人从生活拘囿中突围的一个出口，走进去，自由追逐美的时刻便会到来。将自己在蜡染的每一道工序里放逐，领略创造的快感，而不再是日复一日单调、机械地操劳，在日月经纬的交错中，无光无色地耗尽一生。

蜡染也实现了民间女人对美的诠释。点染的花纹是对大自然的变形描绘，从她们的眼里过滤到她们的内心，再铺展在一幅幅土布上，那是她们无声而有形的心灵语言，简洁通俗，也优美生动。

蜡染从女性对美的渴望出发，首先得到女性的认可，继而被男性主宰的社会认可；蜡染从中国民间的偏僻之地出发，首先得到中国民间的认可，继而被全世界认可。其间，蜡染走过一条无比迢远的寂寞的路。蜡染从未跻身于时代的舞台之上，与汉时的霓裳羽衣、唐时的丝帛锦绣、明清时的绸绲缎服，争过风光。蜡染朴朴素素，端端庄庄，别别致致，走在民间，以简简单单的蓝与白，完成千变万化的美的塑造。

一路走来，蜡染保持着自身朴素的美，民间的美，本色的美，没有过迷失。奇怪的是，蜡染总能遇到自己的知音。爱着蜡染的女子，无论白皮肤黄皮肤黑皮肤，无论蓝眼睛绿眼睛黑眼睛，爱的就是那一股中国乡土的美。而那一种粗朴、幽深的蓝，抚摸着，总能听到清澈而悠远的声息——来自大海深处的声息，来自植物体内的生命潮汐，来自幽深的山林，来自安谧无边的夜，来自慧洁的手和灵秀的心，来自一个古老国度的民间——什么国度的人，都能听懂。

糖塑

与蜡染、剪纸比起来，糖塑是微不足道的，好比民间最底层的小人物，满身的俚俗之气。而且有着昙花一现的致命缺陷。然而，糖塑曾经是一代代中国乡村孩子梦中的期盼。

糖，是五味中最具迷惑感官性质的一种，对于口感齐全的人类来说，有着抵御不开的诱惑，尤其是孩子。糖，还是快乐有形的物质载体，代表着生活中美好甜蜜的感受。在苦多甜少的岁月里，糖塑成为日里夜里渴望的对象，也就不奇怪了。

糖塑曾经以一幅挑担的形式，走村串巷，常常十天半月来一回，或者月余半载才出现一次，将童年微渺的一点期盼，抻得长而又长。挑担之下，多半是个耐心慈蔼的老头儿，敲着脆脆的锣，很快就召唤来已经等不及的一群孩子。

挑担不大，可乾坤不小，紧紧凑凑安了炭炉，两三只抽屉，一柄小锅，勺，篾签，还有通常用来转定造型的罗盘，和一方洁净的大理石石板。糖，是新鲜麦芽熬制的，凝成方方的一小块一小块，现在用细火在小锅里化开，一旦鼓开此起彼伏沸腾的气泡儿，一股清甜酥软的麦香就四散开来。待小勺一拖，拖出细白的丝，糖就有了可以随意塑造的形态。

掌勺的老头儿永远不急不乱，点着最迫不及待的小子转罗盘，针定了，勺就在大理石盘上流畅地舞起来，几下几下，一只凤鸟就成了，或者龙，或者蜻蜓，或者花篮，或者鹿，或者孩子最神往的孙悟空。那些造型，老人已按捺于胸，嘴里或许还在絮絮叨叨，小勺已在掌间不停歇地撇划开了，或疾行，或点染，或顿挫，无论什么造型都是一气呵成，只在须臾之间。待看时，粗细有致的糖迹，俨然便是指定的那一种。

糖塑的造型都是对实物的抽象化。一只镂空形态的半透明糖塑，用篾签穿起，怎么看怎么像一件精致的艺术品。只不过老人运用的非纸笔，非针线，非惯常的那些工具材料，而是入口即化的糖，平常得毫不起眼的糖。糖塑的整个过程，实际上就是一次艺术创作，将人们习见的事物，以简洁而又鲜明、象征而又部分写实的造型表现出来，而且兼有着大多艺术品所无法提供的味觉上的美感。

一般的艺术品似乎是不屑于为浅层感官服务的，它们以触及心灵为归旨，在我看来，糖塑是个小小的意外，有着植根民间的善意的天真与狡黠。糖塑的艺术性，是由经营目的之外派生出来的，是一辈又一辈的糖塑艺人自我完善的结果，无形中给生活增添了有滋有味的一瞥美感，不仅愉悦了许多孩子的嘴，还愉悦了他们幼小多梦的心。

当生活中轻易可以获得甜蜜的感官刺激时，糖塑的匿迹成为必然。每天，机器成批地制造出香甜可口、风味多姿的糖果点心，商店的橱窗永远不会出现空白，也就没有人再在日里夜里，想念微不足道的糖塑了。我也只是在阔别多年以后，在去年秋，在家乡一座小小的陵园里，意外地与一只糖塑挑担相逢，茶色半通明的糖塑插在挑担上，还是那么生动诱人，一些不曾见过糖塑的孩子，将挑担紧紧地围拢了……

锦瑟

天赐念奴
现居广东顺德,某外企财务管理。

一

光着脚,踩在铺着鹅卵石的悠长小巷,脚板生痛;喘着粗气的大黑狗,伸着舌头,蹲在天池旁边,乌溜溜的眼睛看着我,好像随时要扑过来;停放在宗祠梁上的棺材——没有上过漆——灰白的长方体,令我怕至惊魂;尽管如此,我还是会忍着痛穿过小巷,讨好地对着大黑狗说悄悄话,努力无视棺材的存在,利用任何一个机会,亲近那两个裸着身体,坐在家门口木桩上的双胞胎。她们年龄和我相仿,一个正常,一个不太正常,不太正常的有点痴呆——脖子歪向右边,时不时流口水,双手腕总向下垂着摆在胸前,话说不流畅。

对我有着具大吸引力的是她们的裸体,明明是她们赤条条,可我老感觉自己没穿衣服,要多难为情有多难为情,难为情的同时又忍不住好奇,好奇之中我就偷偷地快速用眼睛的余光扫过她们的身体,那时那刻我体味到——包含羞惭地体味到——内心深处极大的安宁和满足,当然,还有难过和同情——在这么好的天气,田野里山坡上所有花儿都开得色彩缤纷,她们应该快快乐乐,无忧无虑,不应该蒙受这种耻辱。在农村,小男孩裸着身体,露出个小鸡鸡,是骄傲;女孩子,怎么着也得穿一点,比如说肚兜,我家就有好多,大的小的,红的绿的,绣鸳鸯的绣荷花的……好看极了。可她们都九岁了,她们的妈妈不仅不让她们上学,还让她们裸着身体,我认为她是个坏妈妈,也多少有点变态,这变态的妈妈却有个很洋的名字——芬妮,两个女儿的名字也让我羡慕,正常的叫锦,不太正常的叫瑟。

锦瑟姐妹坐在阴暗的光线中,靠在自家门前的墙上,安静忧伤,多次用眼睛的余光扫过她们裸体时,我已领略女性阴柔而强大的力量,有些莫名着迷;时光在此安然流淌,或发挥成一种深不可测的天意,埋伏下我一生的喜爱与悲怆。

天性使然,我恋慕所有美丽事物,由衷喜欢双胞胎姐妹的裸体,爱煞她们的名字,低首练这两个字时,惆怅总在握笔的指间颤颤萦绕,像荆棘丛里埋藏的花,一笔一画歪歪扭扭拼写出——锦瑟——多恬雅多厮磨的名字啊,我唇齿间滋溜滋溜地念着"锦瑟锦瑟",乃至于对自己的名字生出恼火——男不男女不女的,硬生生干巴巴;编座位,老师总以为我是男生,把我和男生编在一起坐,后来一看,是个女生,便说,呵呵,女生男名啊,有志气。什么志气,废什么话,同学们笑他倒装看不见,用志气一说来掩饰判断失误。

我问母亲,妈,我的名字谁取的?

我和你爸,想了好久,才定下来,人家都说这名字好,怎么啦?

没什么,随便问问。名字既是父母所取,也有其中的含义,我是很想有个诗意的名字,也就只能想想,改名的念头不敢有,只是看到别人的好名字,会很自然地浮想联翩。

妈,我觉得锦瑟她们的名字很有学问,还有,她们的坏蛋妈妈怎么会叫芬妮呢?城里人才会有这么好听的名字。

母亲拍了一个我的头顶说,就你小丫头事多,芬妮婶原来没正式名字,在娘家叫三丫,嫁过来叫冬生家的,有了孩子又按孩子辈分叫。村里女人都这样,七姑八婆六婶地叫着,你要直呼其名,人家还不高兴呢,这娘家姓氏也就写族谱的时候能派上用场。

范宏亚作品

芬妮当初生了孩子，丫头嘛，不被重视不用按字辈取名，她不想让女儿像她那样连个名都没有，就拿了几个红蛋提着一壶姜汤请肖知青取名。肖知青两碗姜汤下肚，酒意一起，毛笔在红纸上写下大大的锦瑟两字。芬妮看着龙飞凤舞的两字，就干脆让他也给自己取个名。自那以后，肖知青见着她就芬妮芬妮地叫，村里人觉得好笑，也跟着叫，叫习惯了，也就叫开了。

原来如此，也难怪，肖知青在我们村乃至县都算个人物——他是南京下放在我们村的大学生，人家都返城了他却留了下来做农民，理由很简单——父母都没了回去有卵用；在我们村久了，他还是说普通话，也跟着男人们说很黄很难听的口头禅。

我看着作业本上练写满满一页的锦瑟两字说，还芬妮呢，她是个坏蛋，根本不配这名字。妈妈，她为什么不给女儿穿衣服？为什么有时还不给饭吃？为什么打锦瑟？

母亲只是叹气，不再理会我的追问。母亲不给答案，还面露难色吞吞吐吐，不仅满肚子的为什么没得到解决，还引起了我的好奇心，这好奇心支撑着我除了有空就从锦瑟家门口经过之外也开始关注她们的坏蛋妈妈。以前，村里也有过一些鸡飞狗跳的事，我哪会放在心上，这次不同，这不同多少和我的心理阴暗相连。所谓心理阴暗是意外地发现有小孩比我更可怜——我无非没了父亲，可锦瑟有父亲等于没有——她们的父亲多年不回家，我能上学她们不能，我有衣服穿她们没衣服穿，我有饭吃她们有时饭都没得吃……在可怜锦瑟的同时我觉得自己有了同盟军，有了同盟军就不会那么孤单了。我想让她们穿上衣服，和我一起去上学一起去田间放鹅。这种愿望非常强烈，每见锦瑟一次增强一些，她们裸着的白白的身体牵我的神经，发展到吃饭时想睡觉时也想。

这可怎么办呢？

我思来想去，踏出了实现愿望的第一步——请求母亲送衣服送米去锦瑟家。

母亲没再怪我事多，表情很为严肃说，丫头，锦瑟家不比我们家穷，她们不缺衣少穿，是你芬妮婶……她，唉，村里也不是没人劝过，你二叔婆好心给锦瑟穿上衣服，衣服被你芬妮婶用剪刀绞烂了，锦瑟被打得哭了一个晚上。她们身上的伤，我们看见都心疼，就这她还不解气，站在天井旁骂二叔婆多管闲事，骂了整整一天。她这样，谁还敢管？解铃还需系铃人，只有解开你芬妮婶的心结，锦瑟才会有好日子过啊，其实，你芬妮婶也是个可怜人。小孩子管不了大人的事，早点睡，别多想。天下哪有不疼孩子的娘，锦瑟不会有事的。母亲打着呵欠睡着了，我却在黑暗中想母亲的话，满脑子的为什么越来越多，想得脑壳都大了，迷迷糊糊地知道，实现愿望的第一步失败了，我得另想辙。

159

锦
瑟

二

下过雨，泥泞的田埂上，蠕动着一条条蚯蚓，我极为恐惧的不让脚底踩上这软体动物，刚摘的豆角茄子黏着手心湿漉漉，分不清是雨水还是手心蒸发出的汗，正懊悔不该答应母亲到田园摘菜。母亲只说了句，经常在田园看见芬妮婶，我就不顾令我害怕的蚯蚓跑来了田园。表面是帮母亲摘菜，实际是为了见见芬妮婶。

母亲没说错，远远的，我看见了走在另一条田埂上的芬妮婶。

为了近距离跟上她，我的脚踩着蚯蚓，跑得飞快。

芬妮婶。我跟在她后面，叫的声音很小，像蚊子叫。

嗯。她应了声，不再理我。

她不理村里人，也可能是村里人不理她，我要不是因为锦瑟，也断然不会叫她的。仅叫一声不够，我想和她说话，只有和她说上话，套上关系，才能解开那些为什么，才能帮锦瑟。说什么好呢？我看着她一扭一扭的大屁股想，她的屁股为什么那么大？旧的为什么没解决，新的又冒出来了。当然，她除了屁股大，还挺干净，有点姿色。

雨天摘菜，她穿上了胶鞋，不像村里其他妇人，一只裤脚高一只裤脚低，腿脖子脚丫里沾着泥。长过肩的头发梳得很顺溜，用一根花手帕绑着；粉红色带点粹花的手帕，随着她的脚步随着风飘忽着，映红了她的脸。

我踩着她印在泥里的胶鞋印，亦步亦趋。我的鼻子，对于气味，异常灵敏，通常别人闻不到的味我能闻到。若即若离中我闻到了她身上的味，浅甜浅酸，像杜鹃花的味，暗想着不是杜鹃花开季节，她哪来的杜鹃花味？

我家住村头,她家住村尾,眼看要分路各行了,便鼓足勇气大着嗓门喊了声,芬妮婶。她吓了一跳,回转身眼睛盯着我看。我不敢看她,看着手上拿的茄子说,你为什么不给锦瑟穿衣服?

小屁孩,关你屁事?她张开五指,想抽我的耳光,又呆呆愣了愣,扭转身,带着那股杜鹃花味走上了弯弯曲曲的分岔路。

你是个坏蛋。我冲着她的大屁股喊。

芬妮婶听见了我的叫喊,头都不回只呵呵呵冷笑,笑得我起鸡皮疙瘩。

小丫头有胆量,不枉二叔婆喜欢你。

二叔婆,你偷听!光顾着看大屁股闻杜鹃花味,后面来了个驼背、白发、掉了太多牙说话漏风的二叔婆都不知道。

二叔婆住我家对面,村里的建筑是典型的客家风格,房子与房子连在一起,就像一个大家庭。依对称而建原则,我家与二叔婆家对称。我认识的二叔婆,老爱自个跟自个说话,老说命不好,老说怎么生了九个女儿就没一个带把的呢?冬天没事,她端个小竹椅,坐在墙角一边晒太阳,一边咯咯咯地喂着一只老母鸡,老母鸡带着几只黄绒绒的小鸡。二叔婆生了太多女儿,故很不待见女儿身。我倒是与她投缘,她爱抱我像抱她的老母鸡,藏起来的糖果也会偷偷给我吃。

二叔婆喜欢我,自然不计较我跺着脚说她偷听,咧开扁扁的嘴笑。路滑怕摔跤,叫我牵着她的手。我牵着她干柴似的手,她又开始如数家珍地说着村里的事。二叔婆认为我虽小但懂事肚里能藏事,跟我说话没后顾之忧。我爱听人说话自个不爱说,她爱说话没合适的人听,所以我们一老一小相处很融洽。有时吃着她的糖看着可爱的小鸡听着她絮叨是一种享受,大多数的人和事我不感兴趣,只当听老人说书。

小丫头,你真想知道芬妮为什么这样对锦瑟吗?

是,很想很想知道,想得都睡不着觉。

可怜的小丫头,觉都睡不着啦,那二叔婆就告诉你。这件事说来话长,锦瑟太祖有点钱,他们爷爷好赌好嫖还会抽鸦片,是个败家子,如果不是家里有个童养媳恐怕连老婆都娶不上。童养媳的锦瑟奶奶生了两个儿子,三个女儿。锦瑟爸爸是老大,老二结

范宏亚作品

婚后要分家。分家仪式很隆重，族里的长辈啊亲戚啊村民啊，都会在场做个见证。家产只分男不分女，他们只有俩兄弟，按理这家好分，可就这分家闹出了大事。老二媳妇说锦瑟爷爷偏心，把值钱家当都分给老大，当时就撒泼赖闹了起来。锦瑟爷爷是个老混混，手上拐杖冲老二媳妇打了过去，老二媳妇坐在地上又哭又骂。骂锦瑟爷爷嫖性不改，趁着两个儿子去修水库，偷看媳妇洗澡，占了芬妮的便宜，芬妮生的孩子都不知道是谁的种……那么多人在场，这话可害苦了芬妮和锦瑟。当面没人说什么，背后说什么的都有。锦瑟爸爸受不了刺激，离了家门外出搞副业，做什么没人知道。月月年年有钱回，人却不回。本来他跟芬妮感情很好，芬妮为了嫁他，挨父母的打还跟父母翻了脸，他听信这不知真假的话，芬妮能不寒心能不生恨吗？多好的一个媳妇，给几句话害了，害得喝农药。要不是木生发现得早，连命都没了。命是拣回来了，性情变了，除了木生，村里人都成了她的仇敌，见谁没好脸色，没好话；还说"锦瑟反正不知道是谁的野种，不如冻死饿死打死算了，谁管跟谁拼命"；在市集摆个小摊，穿得花枝招展，见男人就嘻嘻哈哈。这人哪，一寒心，什么事都做得出来。小丫头，你去找木生，让木生跟芬妮说说，芬妮会听木生的，他俩好着呢。我们不敢开口，说不定你去能起作用，锦瑟就不用受罪了……

噢，这样啊，那我去找木生，不然锦瑟怎么办呢？我和二叔婆手拖着手，布满泥泞的路很滑，我们一直都在边走边说。

三

木生，身强力壮，像座山，扎根于泥土，稳重踏实，没有讨老婆，住在锦瑟家对面。我认为他是个好男人，全村人只有他默默地帮锦瑟家，也因如此，没有人愿意嫁给他。初中毕业，学过农林技术，家家的果树都请他嫁接，很招姑娘们的喜欢。明知他有芬妮，也有痴情女子提出，只要跟芬妮断了，就嫁他。木生不接受这条件，不着急，不介意，很少说话，很少在村民中游荡。

他会拉二胡，抽旱烟，一个人喝酒。

停电时,他房内传出的二胡声,回荡在寂静乡村的上空;木质窗户贴着的塑料薄膜,摇曳着煤油灯散发出的光晕;往里惊鸿一瞥,尚有余韵缭绕,慵懒裹着欲的夜似梦非梦。

这样一个男人,不知道自己是何等风姿翩翩,携带着人间烟火的气息,引来多少人的驻足和爱慕。只是,他的眼里,仅容芬妮。所有人的非议和蔑视、父母兄妹亲亲戚戚的捶胸顿足,他不介意;心无旁骛帮芬妮耕田插秧、挑水砍柴……

我看见了,芬妮——被人所指的弃妇,在他面前的温柔和妩媚。

一个男人,一个女人;一把二胡,一碗米酒,在光线朦胧的房子里,与世隔绝;几许恩爱缠绵,几许伤感悲凉,这样的情景,印在脑里。知晓芬妮和木生的关系,我的内心,总是极易惊起涟漪。男人女人,原来可以,如此这般,美好存在。

背着书包,进了这个男人的家。木生很和蔼,倒了碗开水还抓了把花生出来,说我放学走远路,肯定又累又渴。水没喝,我剥了花生吃。他家除了芬妮,从没人去过,锦告诉我的。随着看锦瑟的次数渐多,我和她们成了朋友。二叔婆的糖、母亲给我的零食、好吃的饭菜,我都趁芬妮姊不在时给锦瑟送去。

木生问学校的事,问我学习好不好。我回答过,之后,对他说出,关于锦瑟,我的愿望。他说他很惭愧,让锦瑟受了这么久的罪。他提过一次,芬妮以死相逼,他了解芬妮的委曲和刚烈,怕伤害芬妮,他不敢贸然提及此事,但心却不安。其实,芬妮内心很爱锦瑟。说完,他沉默。

我看不出,他的表情,是疼痛或安然。对抗世俗需要的不仅仅是勇气,他脸上的沧桑,让我多年后想起,亦觉心酸。他怎能知,我小小的心灵,曾为他泪如雨下;曾想过,我嫁男子,应如他,执著一生,执我于掌。

再见锦瑟,她们穿着一朵一朵红花的衣裳,很美丽很快乐。

锦上学了,读一年级,除了读书,还要照看有点痴呆的瑟。

锦走到哪里,都带着她的妹妹瑟。

我们一起上学,一起在田间放鹅。

风沙中的紫亮

赵佳昌

内蒙古赤峰市人，现就读于北华大学。

对一个原本的紫亮的记忆，印象最多的是在十三四年前的暑期。那时他已经在中学念书，却羞答答地像个大姑娘。小他两岁的弟弟明亮却是一副淘小子样，整天和我们打在一起。因有明亮的存在，他家种满沙果树的院子成了我们经常光顾的地方。看见院子里有耗子洞，我们便把柴火点燃后放进去，看浓浓的黑烟灌进洞后我们手舞足蹈地欢呼。抓来青蛙，用木棍敲它的肚皮，我们嘴里还念经似的说着"青蛙胀肚，青蛙胀肚"，看着青蛙死去后我们寻到了征服的快感。每当我们闹得天翻地覆的时候，紫亮就不高兴了，不是那种大声咆哮似的制止，而是脸一沉，一声不吭地坐在那里把课本翻得哗啦哗啦地响，或者把盘子里的沙果捏的遍体鳞伤，实在忍无可忍的时候便关上屋门，爬到炕上把头蒙起来生闷气去了。

紫亮家与我们是本家，我叫他爸三哥，他和弟弟叫我三叔，但弟弟却也大我两三岁。紫亮兄弟二人差异极大，他高挑的个子，看上去瘦骨嶙峋。弟弟长得却敦实。在性格上紫亮极柔，针头线脑样样拿得起来，说话也轻声细语，像个大姑娘。弟弟则是个三天不

范宏亚作品

打上房揭瓦的主儿。我们不大喜欢紫亮。他不入群,不喜欢游戏一类的事,这对于一个十四五岁的孩子来说简直是在背叛少年。在他身上我从未发现过快乐的影子。他终日郁郁寡欢,在那个相对闭塞的小山村里,紫亮的出现给小村笼罩上了一丝阴柔的色彩。

紫亮的父亲以修理汽车为业,在离村子十华里以外的镇子上谋生。他的母亲和大多数农村妇女一样是个典型的庄稼人,田种得一般,唯一可说的是乡亲们有个头疼脑热感冒发烧的都去找她,她会些打针输液的本事,是小村里的土医生。紫亮的父亲靠着不错的手艺在镇子卜挣了不少钱。他母亲也因为会看些简单的病再加上 年种粮所得,收入也不错。他们家在别人羡慕的眼光中美滋滋地生活着。他父亲好赌。在冬季,赌博是那个村子里所有男人的癖好。他爹每次去玩牌时衣服兜里都装得鼓鼓的,很惹眼!金钱上的激增使得这个家庭如荡漾在得意的春风里。明亮的金榜题名又使这个家在村子里赚足了脸面。

水浇田里的玉米金灿灿地挺立在秸秆上。山坡上的高粱在微风的拂摆下燃起了红色的波浪。丰收的季节里,紫亮家荡漾在幸福的波光中。

明亮去了陕西读大学。紫亮没有考上,也无心复读,便被他父亲领着学习修车去了。手里有了积蓄后,他父亲在镇子上开了一家修理门市,紫亮自然跟着他父亲干起修车的行当来。紫亮的柔性是根深蒂固的,说话慢慢吞吞,对花花草草特别感兴趣,还经常无来由的伤感。我想起了林黛玉,假若他是女子的话是堪比林黛玉的。他家门市位于镇子的主干街道,这条街道被各种各样的门市填满。没生意做的时候店铺之间的伙计和老板们也在一起唠唠嗑,开个玩笑,聊点荤段子啥的,都是为了寻个乐子。大家都拿话逗紫亮,说他像大闺女,将来怎么说媳妇,没人跟他!为这,他父亲没少和人家翻脸,紫亮也没少挨父亲的骂。一天傍晚,他父亲借着酒劲踹了他。他觉得委屈,眼泪噼里啪啦地掉着,一赌气骑着自行车独自回家了。这一走却是他此生最大的不幸,把他的家庭掷进了另一种境地。

他父亲还坐在那里生儿子的气,稍稍消气后忽然感觉到心里乱乱的。外面刮起了狂风,呜咽着掠过镇子的上空,树枝在风的吹打下啪啪作响。他打了个激灵,骑上摩托车就追了出去。几分钟后,他已经能看见紫亮了。在肆虐地狂风中紫亮弯着背艰难地向前行驶着,他要与这场风暴作斗争,只因为先前受到的委屈。一个柔弱的人爆发出了惊人的毅力,他要在风暴中塑造自己的形象。他父亲扯开嗓门喊他,他就是不回头,不愿意停下来等父亲,哪怕是两秒钟,用以躲过即将发生灾难的两秒钟。当他经过一个岔路口时,一辆拉货的汽车突然出现在岔路口,将他撞飞二十多米。

经过数日的抢救,紫亮总算脱离了生命危险。他父母愁白了头发。十几万元的积蓄都扔进了医院里。几个月后,紫亮从昏迷中渐渐好转起来,但智力受到了严重的影响,肢体也不能自如移动,处于严重的瘫痪状态。他父母盼望着他能够重新站立起来。可是紫亮时好时坏, 好时能安静地在轮椅上坐着, 歪着眼睛低着头任涎水从嘴角溢出。不好时便像发了疯一样,挥动着手臂砸向他能够得到的一切东西,经常伤及周围的人。他出事之后我见过他两次。唤他,他只是歪着嘴斜斜地看着你。同情似凝重的阴云席卷而来,为了紫亮也是为他的家庭。

车主是城里人,紫亮出事的当天他扔下两千块钱作为住院的押金后便消失在了大家的视线里。紫亮父母把车主诉诸法庭,车主不肯露面,法庭也没有做出妥善的处理,事情被拖延下来,最后不了了之。无奈之下他父母只能忍气吞声,把全部注意力集中在儿子的治疗上。在我的老家,农人们大多会选择一种忍让的方式生活,这到底是乡村土地赋予农人隐忍的特性,还是生而为农人面对城市的一种软弱无助呢? 我至今仍未探求明白!

紫亮去了,是在去年冬天的时候。村里人说他是因为疯癫而死。他带着父母和弟弟的伤痛到了一个没有疼痛的世界。虽然是从他父亲的口述中得知那天的场景,但一想到他这么早地离开了人世,他的身影又一次鲜活地浮现在我的眼前。狂风飞沙中,紫亮弓着背,以减少人在风中的阻力,奋力地向前蹬着自行车。突如其来的倔强,打破了他在父亲心目中的固有形象。一团火焰在心中燃烧,借助风势猛长,像是一次彻底的涅槃,等待重生。之后便是突如其来的事故,他被永远地定格在了那个飞沙走石的黄昏。给大家留下的是一道永远也无法弥合的伤口,且随着时光的流逝逐渐延伸!

伊宁意象

毕亮

现在《伊犁晚报》工作。新疆作家协会会员。

落叶

对于我们这些拥有两个故乡之人而言,似乎喜欢对一切进行比较,并用五年或者更长的时间慢慢学会了比较,用伊犁与我另外那个遥远的故乡相比,甚至于我所到过的任何一个城市相比。每一个城市因为它的人文、地理、风水、土地,有太多的差异和近似,然而对于我们个人来说,或许,正是因为这里所居住的人们的不同而不同,而对这里的一些普通、随处可见的东西更有所念想,于是,我经常想,如果当我某一天离开一个长久居住之地的时候,一定有太多想念的人从而对这个地方念念不忘。怀念一个地方的人,从而对某个地方充满着念想。

然而,我们内心比谁都明晓,果真要是等到有一天回归故里,那时必定会用别的方式掩饰这样过于外露的情感。比如说怀念某地的如诗如画的风景,怀念街头遍地的鲜花,怀念甜美的葡萄,甘之如饴的哈密瓜,甚至,仅仅是街头的那些随风翻转的落叶。

秋风扫落叶。在这个最易让人充满各种怀念和念想的季节——秋季，是了，就是那些让人最容易想起故乡的落叶，必定是最好的借口。

有时候，站在铜锣湾的十二楼窗前，看着玻璃窗外的大路，那种真正的车水马龙，秋风已经吹起来了。那些泛黄的叶片随着风旋转、飞舞、飘落，有的，随着奔驰的汽车车轮一阵翻腾。马路两边我一直叫不出名字的树上还有半落未落、半黄半绿的叶子，整棵树上一片黄，一片青，一片青黄相接，这树似乎显示着整个的四季。这是真正的季节——秋，或者说，是深秋。有时候，一棵树整个是一种彩绘，各种色彩点缀其中，四季就这么在一棵树上呈现着，由不得你不服。

这四季分明的地方，有着严格果断，泾渭分明的季节变换。在南方，秋天，甚至是冬天仿佛都是绿色的，雪几乎没有，而树，在我的印象中似乎一直都是绿色的。仿佛它们没有冬天，它们不需要脱落叶子，不需要储存足够的用来过冬的能量。在那里，冬天过去了，春天该开的花朵，一年四季都可以见到，秋天和夏天几乎是一个概念，冬天到处是袒肩露背的人，整个是一座巨大的没有季节的石头森林。

我曾一遍一遍地拿先人们留下的节气和现在的天气相适配。在我曾经待过的地方，那些节气失去了它们本来应有或者是我意识里它们所应该具有的意义。然而，在深秋叶落遍地的伊宁，我忽然想起那些早已遗忘的节气，于是一个一个重复地对照起来，立秋之后，是处暑，处暑之后，便是白露。草木摇落，白露为霜。此白露，彼白露，让人无限想象。有那妇孺皆知的古诗为证：可怜九月初三夜，露似珍珠月似弓。等到秋分之后，寒露一过，霜降来临，立冬之时，白雪该是纷纷而至了。伊宁给了我太多关于季节的美好想象，从一串一串晶莹剔透的葡萄，从一片落叶开始，我开始怀想去冬的第一场雪，憧憬今年的初雪。

话说古时有个官员，在舟船之上，见秋风起，想鲈鱼味美，思莼菜之香，于是乎，官也不做了，辞官归乡。我一直觉得在他假托的物件中，鲈鱼莼菜之外，仍有未言明的东西，那便是秋风起吹动漫天的落叶。落叶归根，是一件最普通自然的事。落叶起，随之而起的，便是浓浓郁郁的故园之思。胡马依北风，越鸟巢南枝。在远离故土的日子里，故乡在游子的眼里心中便是剪不断理还乱的愁，一弯明月，一曲清笛，一场芭蕉夜雨，甚至只是无端的风吹叶落，都要与故乡有无尽关联。君不见，羌管悠悠霜满地的月夜里，征夫不寐；君不见，梅花落的曲终处，谁家的庭院里落满了思念的月光？

庭院

小时候，我最向往的一个院子，是我们小学老师家的院子。不知深到几许的院子里面伸出来的红似烈火的石榴花，是我们秋天里最殷切的盼望。至于院子里其他的物什就是我们所不知晓的。直到后来有一天，老师让我们去她家劳动，才知道这深深的庭院果然不枉我的念想。一进门，那院子里自然就是露出院门的火红石榴，当时正值夏季，石榴树上挂着我小小拳头大小的青红石榴，而青石子铺就的通向堂屋的小路两侧是一畦一畦的黄瓜、西红柿、韭菜、茄子，畦间却间或点缀着一串红，看樱桃，大丽花，各色月季。大片的间隙里竟然有挂着青青杏子的杏树！再往里，就是接近房檐的一株坠着沉甸甸果实的大紫葡萄。看得小小的我垂涎欲滴。要知道，在我所生活的村庄，院子这么深，能把菜园种在院子的已经是很少，而院子里又栽上这么许多果树，植上各种花草的几乎是没有。而在我家不大的院子里，除了一个维系全家饮水的深井外，就是一堆堆过冬用的柴火占据着主要的位置，剩下的就是少许的几棵枇杷、桃树和桑树。

于是那时候我就想，等我长大了，也要有这样的一个院子，我还要亲手种上一棵一棵的果树，栽上一片一片我喜欢的花。谁曾想到了现在，上了学，毕了业，上了班，却连连为一平方米的房子奔波着。这样大的院子，也只好想想了。

但在我生活的伊宁，尤其是在南边，这样的庭院可谓遍地都是，你一旦走进，除了目不暇接，接触伊始，大约不会再有其他的感觉吧。这些有着各自特色的庭院，隐藏白杨之下。这些少数民族同胞居住的院子门前，大多种有一两棵桑树，而这对汉族居民而言几乎是不可想象的，汉语中"桑"与"丧"同音，谁愿意一进门或一出门就遇"丧"

范宏亚作品

呢。五月底的时候,紫色的白色的桑葚挂满枝头,路过他们的门口,仰头看见阳光下闪闪发光的桑葚,儿时的记忆夹杂着现实的口水一起流出。这些巨大的结满果实的桑树,我们所能利用的不只是食它们的果子。春天之时,采桑养蚕,大概是农家女子常有的一项劳作吧,勤劳智慧的先人们于是作出《陌上桑》这样脍炙人口又有生活气息的诗句。一瞬间,眼前的这些桑树仿佛沾染了古诗历史的意蕴而让人浮想联翩。

因为职业的缘故,曾经多次出入这些庭院,无论春秋,抑或秋冬,里面总是充满着惊喜。这样的院子如果再加上门前的小桥流水,仿佛真是生活在画中了,此画如诗,此诗如画。如果王维再生,他会为此赋诗几何呢?或许为此用尽终生的笔墨也不后悔——这就是边城庭院的魅力。任谁去过一次,会不为它们牵肠挂肚呢?

再匀一眼,来看看那些院中挂满枝头摇摇欲坠的无花果,手掌似的叶子底下藏着掖着的硕大成熟至开裂的无花果,带着人们美好愿望的在吃前还要用叶子包着拍三下的无花果,无私地奉献出它的甘甜和细腻。这样糖分分布均匀的无花果,吃起来那个香啊,贪嘴的人就要醉晕在院子里了。

如果再说那些挂在头顶的一串串各式品种的葡萄,这样的篇幅是无论如何也说不完的呀!更别提散布在庭院各个角落里的梨树、苹果树,在这样收获的季节里,孩子们吃酸了牙齿,也酸透了整个童年。

一棵树长成不容易

羊白
现居陕西汉中,供职于某企业。

在农村长大的人,大抵对树都有着很深的感情。幼时母亲曾告诉我:哪里有树,哪里就有村庄,有人家。母亲这么说,是怕她淘气的儿子有一天会突然走失,饿肚子,不知所措。事实上,在每一个村庄,你都会发现几棵标示性的参天大树,有皂荚树,榆树,椿树,檬树等等,往往都有了上百年的历史。总之,这些大树很容易就形成一个广场,使茶余饭后的人们自觉地汇聚到它的阴凉里,谈天、说地、吹牛、玩笑。耳畔有鸟鸣,清风;如若是晚上,透过树叶还可见天上的星月和传说,仿佛是那些在黑暗里捉迷藏的孩子,突然发出的尖利的亮光。

更多的树,就在房前院后,供我们栓牛晾衣,沉默寡言的样子,就像是遗忘在露天的农具,或是堆放在墙脚的石头、沙子,都不会是完全无用的东西。在适当的时候,它们自然会派上用场,伸出手臂为这个拮据的家庭做出贡献。但不是"现在"。因为它们还小,更大的潜力在于"未来"。每一个农民,都清楚树是需要时间来生长的,十年树木,百年树人嘛。容忍才有高大,吃苦才能享福。杀鸡取卵和拔苗助长的傻事他们一般不会去干。哪个家长不希望把树放得更粗更高,把孩子养成栋梁之才呢?因此,那些村庄里的树是有福的,它们和我们几乎就是兄弟姐妹,同沐日出月落,顺梳风霜雨雪。不知不觉,一棵小树就越过了山墙,而一个顽童,也长成少年。

如今那少年,已人到中年。梦想成真地成为身无寸土的光荣的市民,享受着水泥地的干净和便利。没有了土地,便没有了庄稼,模糊了四季。幸好我们厂在郊区,角角落落里还有一些未被征服的泥巴,以杂草丛生的方式宣泄其不屈的生命力。因此,才给了我种树的条件。前前后后,共种过三棵树,竟无一棵长成。使我猛意识到:一棵树长成不容易。真的是不容易!

我种的第一棵树是桂花树。

其时我刚学校毕业,住单身楼。楼下的水泥地边缘有一排水杉,亭亭然,挺挺然,如短裙的少女,如站岗的卫兵,朝气蓬勃英姿飒爽的样子。恰逢厂区整理园艺,便趁机弄了一株桂花树苗,栽在了一棵较小的杉树的檐下。按农艺师的交代,我格外细心地松了土,浇了水,扶正压实,还用枝条搭了凉棚。一个月后,新发出的嫩芽证明它真的是活了,好高兴了一阵。心想,过不了几年,桂花树就会长高,开花。到那时,我坐在窗前,喝茶,看书,自有绿袖添香,必定美极。

谁知,却突然出现了一个小男孩,七八岁的模样,瘦瘦的,凶凶的,一看就很顽劣。一次,他竟然掏出小鸡鸡畅快地对着我的桂花树撒尿。我告诉他,不要尿,否则会把树蛰死的。小男孩跑了。第二天,他又在尿。我告诉他,这是桂花树,桂花树长高了会开花,可香了,还可以做桂花糖。小男孩不吭声,跑了。第三次,他刚要尿,被我发现了,我警告他,这桂花树是我栽的,你不能尿,否则我折断你小鸡鸡,看你还敢不敢。小男孩迅速拉上裤子,跑了;途中还停下来挑衅地冲我做鬼脸。

经过打听,知道小男孩是对面楼上的,父母离异,由父亲带着。那男的我见过,身体很结实,胡子拉碴的,一脸阴沉,在后门卫上班,据说是转业兵,精神有点毛病。之后,我开始留意这小男孩。发现他时常把书包扔在杉树旁,无所事事地一个人在水泥场地上又蹦又跳,或是登击杉树,或是揪揪猫娃草狗娃草,或是嘎嘎嘎笑着撕扯蚂蚁甲虫。我坐在窗前,发现他继续在向我的桂花树撒尿,肆无忌惮的样子,脸上还有一种得意的神情。我知道，我的桂花树在劫难逃了。谁叫它遇上了一个不讲理的小孩。我的说理引诱和恐吓对他都不起丝毫的作用。我惊讶，这么小的一颗内心，会如此坚硬。我感觉到，他在为他意识到可以改变桂花树的命运而得意。他奇怪地获得了一个可以证明他强大的途径，一种不需要借助任何武力的途径。这在他以前的经验里是没有的，他觉得很高妙。

我后悔，当初他撒尿时我应该假装没看见。如果我不做提示，也许他也就尿尿而已，不会想到要用桂花树来表现他自己。可我怎么知道他是这样一个小孩。

那个沉默的小男孩，估计现在也十八九岁了，是否也上了大学，交了女朋友？他的心智是否还健康？但愿，他能逃脱桂花树的厄运。但愿幼时不懂事的他摧毁的仅仅是一棵桂花树，而没有伤及到他现在芬芳的青春。

我种的地二棵树是枇杷树。

其实是野生的，也不知是被那阵风吹来的，住在了我家柴房的门口。其时我已结婚，住进了青年楼（单间）。既然它来到了我的地盘，我就有义务让它茁壮成长。

三年下来，已茂茂然，枝叶韵致，越过了柴房的门顶。我以为，凭着自身的力量，它足够对付顽童们的不测了。我坚信，它成为美女，已是迟早的事情。

然而在十月的一天早晨，我拎着垃圾下楼，发现枇杷树突然矮了。近前细看，树头不见了。显然，是人为折断的。我立即猜到，是一楼的那个老女人干的。因为我们两家的柴房是隔壁。因为这是个奇怪得有些自视清高并且洁癖的厉害的女人。女人六十岁出头，据说退休前是护士，很多年前就和老头离婚了，现在老了，需要伴，老头时常会过来，被她训斥的厉害，满楼都能听见。一楼的铁丝上常年晒的都是女人的衣服，被褥。除了下雨下雪，阴天大雾也不例外。人们就纳闷，女人怎么有那么多的东西要晒。女人不怎么和人交往，整天在家不是洗衣服，看电视（声音大得我们二楼都能听见），就是趾高气扬地训斥老头。每天清晨，女人都会提着被单跑到二楼的（通）阳台上抖，也不嫌妨碍别人的心情。我能想到，女人是怕潮湿。于是我猜，女人怕我的枇杷树长高了会遮住阳光。可她家的铁丝在东，枇杷树在西，难道连一点点夕阳，她也要攥进棉花？温暖她潮湿的睡眠。于是，就偷偷折断了。必定还搭了凳子，费了一番周折。

我的猜想是正确的。因为在之后的一天中午，我来到窗口，正好看见她贼溜溜地踮起脚尖要去折枇杷树。估计认为第一次折得高度不理想，想让枇杷树再矮一些。我咳嗽了一声，女人惊悚地顿了一下，险些跌倒。回头说树上有虫子，她刚好看见了，准备去捉。

我懒得多说，体谅到她是个老人。

然而事情并未结束。

事实证明，是我的容忍害了枇杷树。在一周后的一个清晨，我站在阳台上伸懒腰，突然发现枇杷树不见了。我赶忙下楼，看清是被从根上锯断的，还粘着潮湿的木屑，仿佛是枇杷树的眼泪。我愤怒了，破口大骂。可是整座楼无比安静，女人家更是房门紧锁。我知道，老女人此刻正醒在床上，耳朵伸得比兔子的还长，她极力想呼吸均匀。可她知道，她是刽子手。她反复告诉自己我不可能找出证据，以此来平息内心的惶恐。这个老鼠一样的女人，怕变矮的树再长上去，遮住她洞里的夕阳。枇杷树一直折磨得她寝食难安，如鲠在喉。她思虑再三，长痛不如短痛，在漆黑之夜，悄悄地，费力地，彻底地，把她心中的疑虑斩草除根。

我突然没有了叫骂的力气。我不想再为她去拔刺了。我可怜她，如同可怜枇杷树。即便，我们曾在两个不同的方向上，共同爱过枇杷树。

我想，我该考虑离开这里了。因为我的宝贝女儿已经出生，我不想让我的宝贝有这样的邻居。于是，我抓紧申请要了套间，永远地离开了青年楼，离开了那株伤心的枇杷树。没有告别，也没有悲愤，一切都不以人的意志为转移，岁月的流沙把枇杷树覆盖了，把我推向了中年。

搬到中年楼的第二年，考虑到女儿应该和大自然建立更广泛的联系，我决定，在柴房门前的泥地上再种一棵树。为女儿，也为前两棵伤心的树。思来想去，我决定种花椒树。一来花椒树的果实是调料而非水果，能逃脱被窥视和觊觎的危险。二来花椒树有刺，能在某种程度上有效防止中年楼诸多顽童的恶意攻击。三者花椒树是一种再普遍不过的树，也不会长得太高，挡住了别人闲置的阳光。

范宏亚作品

兴高采烈地，我和三岁的女儿把一棵小花椒树苗安顿在了柴房前恰当的位置，即考虑到自己出门的方便，也假设了别人行路的通畅。女儿满心欢喜，转来转去的，说："爸爸，这是我的花椒树，乐乐的"。我说是，是我们乐乐的，我们乐乐和花椒树是朋友，会一起长高的。

我甚至想到，在花椒树结果的第一年，我要把花椒摘下来，给女儿做一个香包。在女儿上大学的那一年，在她离开爸爸妈妈去异地独自面对生活时，我要把香包交给她，把我给她写的《宝贝日记》一起交给她。到那时，花椒树和女儿必定都枝繁叶茂的。她们互为印记，见证着彼此的成长。是多么一件浪漫的事情！

花椒树栽上的当天黄昏，我在楼上清楚地听见一个小女孩愉快地尖叫："妈妈，谁在这里种了一棵树！"我来到窗前，看见一位女人边停电动车边没好气地说："神经病"。这三个字，显然是冲我说的。字里的语气，显然流露出女人在看见花椒树的第一眼就充满了敌意。女人家住二楼，柴房和我们是隔壁。虽然同在一个大厂上班，但从来没打过交道。

我估计，她是怕花椒树的枝条伸得太开，影响到她出进柴房的便利。可这个因素我已经考虑到了啊，尽量偏向我家这面。事实是，每家柴门前都有一条小水泥道，通向干道，泥地上除了孩童们，平时并没有人愿意造访。

考虑到花椒树已经在女人的心里产生障碍，第二天，便赶忙用绳子给花椒树束了腰。主要还是想作出姿态，告诉女人我会尽量注意不让花椒树影响到别人哪怕很小的利益。我理解这个锱铢必较的时代。

只有让花椒树辛苦一些了。让花椒树幼小的身躯尽量保持苗条一些，以减肥的方式来成长，来消除它可能给这个世界带来的误解。

此后半个月，人们对花椒树的出现相对平静。我以为已经消除了那个女人心中的疑虑。已经被周围的人们欣然接纳。每天下午，我和女儿端盆水，在楼下的空地上玩玩具，用她的小洒壶给花椒树浇水。

然而，在花椒树来到我们家的第22天，的清晨，站在阳台上，我再一次目睹了一棵树的消失。干干净净的，似乎根本就不曾来过。使我产生了恍惚。

我下楼来,发现是被连根拔走的。我的心里有些悲哀。为花椒树,为我自己,为人心的繁复。

三峡工程算什么,神州飞船算什么,宇宙算什么,这个光影交错的世界,每个人都只为自己点燃光明,而不在乎别处是不是有颜色。每个人都固守着她价值连城的阴影,生怕被别人赚取。这个疑神疑鬼的时代,章鱼一样四处伸抓着的千万条神经质的手臂,已使单纯的种子们丧失了生存的空间。

我只能说,可怜的树,你来错了地方。

在花椒树被谋杀的第三天,我母亲从农村老家来看孙女,因为她上次来时还赞美过花椒树,因为她这次来就突然不见了,母亲气愤得不行,说妈的屁,想不到这里的人这么坏,花椒树碍他们什么事了? ……(后面的更难听)母亲要下楼骂一通,骂给全楼的人听。我制止了。一方面花椒树已经离开了人世,一方面我们初来乍到,女儿又小,我不想和任何人有冲突。谁叫树是一棵树呢? 谁又忍心为一棵树而搅乱平静的生活?

我只能对自己说,不要再种树了,至少是目前。因为城市没有你要的宽容的土壤。或者说,城市太奇怪了,你看不懂。你应该到属于你的地方去生存,寻找鸟语花香。

我只能说,树们,抱歉,我没有照顾好你们。我已经没有精力为一棵树在城市里讨生存了,我举手认输。因为我目前只剩下最后一棵小树苗——我的宝贝女儿! 我必须得格外小心,精心呵护。

因为人心的意外,总是泥深于自然的灾难。而我的女儿,必须要在这个大染缸里接受教育。暂时不能告诉她的东西太多了;需要感染她的东西太少了。我只有赤膊上阵,拿出我所有的看家本领。我明白,这过滤了的环境,有我太多主观上的偏见。可也只能这样。只能尽力创造条件让她去接触更多自然的东西,美的东西,丰沛的东西。

我当然知道,这些理想化的东西有多么脆弱,轻轻一碰,就可能折断,甚至连汁液和眼泪都来不及流出。

我的宝贝女儿啊,我多么不愿说出这貌似深沉的一句话:一棵树长成不容易。我多么希望,那夭折的三棵树的经历,完全是出于意外。